U0030198

CHESS GAME

將軍遊戲

Play or Die

夜間飛行 著

SUI 繪

目次

000 國王 4
001 重生 8
002 開局 24
003 兌子 48
004 升變 67
005 破局 136
006 殘局 167
007 將軍 197
番外 The Rise of a King 226

後記　Life is a Game　243
附錄　西洋棋異能一覽表　246

000 國王

在星月無光的夜晚，黑之國的「騎士」——白修羅推開了教堂沉重的大門，帶領麾下士兵魚貫而入。

穿過門廊，他們來到教堂的大廳，這裡燭光幽微，朦朧地勾勒出周遭的景象。

黑白雙色的菱形地磚布滿裂痕，聖人石像化作一堆碎石，數十排木製長椅被劈得稀巴爛，慘不忍睹。

位於兩側的拱門群是少數保持完整的東西，它們像並排的巨人般支撐著挑高的穹頂，並且一直延伸到大廳深處的祭壇。

士兵們都迫不及待地想要展開搜索，卻遭到白修羅阻止。

「不要這麼心急嘛。」白修羅笑嘻嘻地說，細長的眼睛瞇成縫，「不過你們想被肢解的話，人家也不介意啦。」

士兵們聽後皆是一凜，只見大廳的空中似乎有某種東西在閃爍，仔細一看，那竟是一條條極細的鋼絲，鋒利若剃刀，交錯似蛛網，要是冒然走過去，必定會被切成肉塊。

「居然使用這種東西，有夠卑鄙的！」一名男生忍不住大罵。

「這座教堂可是白之國的基地耶，連這種程度的防守也沒有才奇怪吧。」白修羅臉上笑意不減，眼裡的戒備卻明顯加深，「麻煩大家不要找死，好嗎？」

數名士兵用匕首割斷了鋼絲後，黑之國眾人維持著隊形，謹慎地繞過迷宮一般的長椅陣，繼續往前挺進。

當他們走到大廳的中央時，一名男生不小心被一條鐵鍊絆了一下——那顯然是某種機關——下一秒，懸掛在他們頭頂的巨型吊燈便砸了下來。

匡噹劈啦！

有人走避不及，被吊燈砸個正著，發出了殺豬似的淒厲叫聲，只見那插在燈臂上的竟不是蠟燭，而是一把把鋒利至極的小刀。

吊燈僅僅是一連串機關的開端，隨後登場的是兩把像鐘擺般盪過來的大鐮刀，兩條人命立即被收割。接著，位於拱門後方的多間告解室突然全數打開，穿著學生制服的喪屍群傾巢而出，張牙舞爪地向他們撲去。

白修羅吹了一記口哨，啟動「騎士」的異能參戰。

他的外貌在頃刻間發生劇變，下半身拉長變形，生出了兩條強壯的後腿，猶如半人半馬的神話生物。此外，他的全身也隨之金屬化，被盔甲包得密不透風，下身還披著馬鎧，讓人望之生畏。

白修羅以閃電般的速度移動，和棋盤上的騎士一樣靈活，在喪屍們碰到他之前，他手裡的長矛便已準確地貫穿它們的頭顱，徹底停止它們的活動機能。

等喪屍被殺得差不多後，緊接著出現的是眞正的人類。數名白之國士兵從拱門後方吆喝著殺出，與黑之國眾人短兵相接，大廳裡一片刀光劍影，鏗鏘之聲不絕於耳。

由於雙方人數懸殊，黑之國很快攻得白之國潰不成軍，讓士兵們跟地上的喪屍作伴去。

見敵人全數倒下，白修羅從人馬回復成原本的模樣。騎士狀態會消耗大量體力，如非必要，他不會隨便發動能力。

此時，某處傳來聲響，眾人不約而同地轉頭，只見大廳深處多了道身影。

那是一名女孩，她站在祭壇前方，頭頂是一塊大型的花窗玻璃，上面描繪著信心之父亞伯拉罕將兒子奉獻給神的情景。

若今晚是個月夜，月色大概會透過玻璃，化成七彩光芒灑落在她身上，可惜現在籠罩著她的只有瘴氣般的陰影。

白修羅慢慢地走向她，女孩的身材苗條修長，一頭褐色短髮顯得相當俐落，雖然臉上和身上到處都是血汙，但無損她眼裡的堅強意志。

「人家還以爲妳看到黑之國軍隊出現在這會很慌張呢。」白修羅笑吟吟地說，「畢竟你們還特地放出假消息，假裝把集合地點挪到別處來混淆我們哪。」

褐髮女生沒有說話，僅是以凜然不可侵犯之姿睥睨著這名來自異國的入侵者。

「看來妳不是很喜歡聊天，那麼我們就省去那些客套話，直奔主題吧。」白修羅向兩名士兵使了記眼色，那兩人隨即持劍踏上祭壇的臺階，「眞的沒有遺言嗎？白之國的國王陛下。」

士兵手裡的長劍映出少女國王的容貌，那張清秀的臉龐上沒有半點驚惶和恐懼，有的只是平靜和坦然。

當士兵把劍高舉的時候，女孩微微勾起嘴角，低聲說出了一句話。

「……吾王萬歲。」

白修羅聞言瞬間一凜，他意識到了某件事，隨即果斷地啟動騎士的異能，而在同一時間，一股勢不可擋的熾熱能量在祭壇上猛烈地爆發開來。

轟！

教堂裡響起震耳欲聾的爆炸巨響，描繪著獻祭的花窗玻璃碎成了千萬片，折射出虹彩般的點點光芒。

001 重生

時序進入六月，夏日的色調漸趨濃厚，太陽在頭頂散發著熱力，空氣的溼度增加，變得黏膩起來。

在京司市的某個公車站，一名長髮少女正滑著手機等人，小鹿娃娃吊飾隨著她的動作微微晃動。

這名少女身材高眺，穿著簡單卻不失時尚的T恤短褲，一雙白皙長腿展露無遺，大腿上有著櫻花刺青。除了體態勻稱，她的容貌也相當漂亮，左眼下方有著兩顆小小的淚痣。

「哇塞，那妹超正的。」

「誰去跟她要LINE？」

「可是她有刺青耶，臉也很臭，說不定是太妹。」

「隨便搭訕搞不好會被呼巴掌。」

公車站附近有幾名無所事事的男生對著少女評頭品足，議論紛紛。

過了一陣子，一名少年來到公車站，向長髮少女搭話。

少年個頭瘦小，長著一張娃娃臉，淺淺的雀斑從鼻頭散布至雙頰，給人文弱書生的感覺，跟少女站在一起完全是截然不同的畫風。

「喂，那矮子想搭訕那太妹耶。」

「看他穿的是什麼，有夠土的。」

「他也太自不量力了。」

「這下有好戲看啦。」

在遠處觀望的男生們紛紛嘲笑。

然而結果跌破他們的眼鏡，瘦小少年和長髮少女原來認識，他們有說有笑地結伴離開了車站。

「對不起，我遲到了。」少年——韓品儒不好意思地撓腮。

「沒關係，我沒等多久。」少女——宋櫻淡淡地說，「那麼我們現在就去歷史博物館吧。」

今天是星期天，韓品儒和宋櫻約好了中午在公車站會合，之後一起前往京司市的市立歷史博物館，探尋這座城市的過去。

方才那些男生的評論，韓品儒多多少少聽見了。他也覺得自己跟宋櫻並不般配，兩人無論氣質還是個性都相差甚遠，走在一起確實有點奇怪。

看似南轅北轍的兩人之所以產生連結，必須追溯到半年前發生的事。

當時，韓品儒和宋櫻還有其他同學，莫名被捲入了一場名爲「塔羅遊戲」的生存遊戲。在那場遊戲裡，他們經歷了一般人難以想像的恐怖，多次在生死邊緣徘徊。最終有二十二名同學慘遭遊戲奪走性命，存活下來的只有韓品儒和宋櫻，以及原本與韓品儒是好友的李宥翔。

但這僅僅是噩夢的開端，後來他們轉學到另一間高中，在那裡他們被迫參加了「撲克遊戲」。這場遊戲的可怕程度比起上一場有過之而無不及，韓品儒再次陷入了恐懼的漩渦當中，甚至由於被怪物附身而淪為殺人魔。

在遊戲結束時，他本該因落敗而死，卻在最後關頭被李宥翔所救而得以倖存，並且獲得了下一場遊戲——「將軍遊戲」的參加資格。

對於李宥翔，韓品儒實在不明白對方是敵是友。他曾經和李宥翔是推心置腹的至交，雖然後來分道揚鑣，依然無法徹底斬斷羈絆。

如今，他們這些「撲克遊戲」的勝出者——韓品儒、宋櫻、李宥翔、白修羅被迫轉學，並安排入學辦學團體「獻己會」轄下的另一所學校「聖杏高中」，各自進了不同的班級。

雖然暫時回到了正常的高中生活，不過韓品儒知道一切尚未畫上休止符，總有一天，他們會迎來名為「將軍遊戲」的命運。

這幾個月以來，韓品儒和宋櫻沒有虛度時光，而是積極地尋找著破解「遊戲」的方法，今天參觀歷史博物館也是為了蒐集資訊。

歷史博物館就在公車站附近，兩人步行了五分鐘左右便抵達目的地。

從外觀來看，這座博物館占地廣闊，但只有一層樓，外牆漆成了灰黑色，予人的感覺有些沉重。

韓品儒和宋櫻前往售票處購買門票，售票員正在懶散地滑著手機，瞧他那副愛理不理的樣子，即使有人逃票，大概也不會被發現。

踏入博物館，只見四周燈光昏暗，氣氛壓抑，時間彷彿在此停滯。厚重的地毯吸走了參觀者的腳步聲，人們都有意識地降低說話音量，讓此處安靜得如同葬禮會場。

同樣是假日消遣的好去處，但跟水族館、動物園等熱門景點相比，這裡的人流少得多，且參觀者大多是中老年人士。

根據指示牌，他們得知原來博物館總共有三層，一層在地面，兩層在地底。

「那我們就從這層開始參觀吧。」宋櫻用耳語般的音量說，韓品儒點點頭。

地面這層展示的是京司市古代的歷史，各種珍貴文物被妥善地存放在玻璃展櫃裡，無聲地訴說著遙遠的往事。

這是韓品儒和宋櫻第一次來參觀歷史博物館，兩人瀏覽著琳瑯滿目的文物，包括陶器、青銅器、雕塑等等，只感到眼花繚亂、目不暇給。

兩人依循博物館所規劃的參觀路線，來到了一塊巨大的石碑前方。石碑的高度跟成年人差不多，上面密密麻麻地刻滿了字，不過因爲久經歲月，大部分的碑文皆難以判讀。

石碑旁有個牌子，說明這塊石碑記錄了一場水災的狀況。當年發生了暴雨，導致河水泛濫，最終有三萬人殉難而死、十萬人無家可歸。

他們繼續往前走，映入眼簾的是更多的紀念碑，每塊都記載著曾經發生在京司市的大型災害，如蝗災、雪災、旱災、地震等等，每次都造成嚴重傷亡。

參觀完這層，韓品儒和宋櫻走下樓梯，來到博物館的地下一樓。地上的樓層已經夠冷清了，這裡卻更加幽暗寂靜，參觀者屈指可數，兩人彷彿走進了墓穴之中。

這層展示的是京司市中世紀後期的歷史，他們看到了更多關於天災的紀錄，京司市的歷史幾乎就是一部災難史。

有一幅畫卷中描繪了嚴重的饑荒，人們骨瘦如柴，正在吃樹皮和沙石來充飢。在另一幅畫裡，甚至可看到孩童被丟進鐵鍋裡烹煮，成年人拿著破碗在旁邊等待，慘不忍睹。

「《京司紀事》裡……有提及這段歷史。」韓品儒低聲說，「還說到當時人們『易子而啖』、『民相啖』、『市東人夫啖婦，市西人婦啖夫』。」

先前在撲克遊戲中，有個叫殷鹿的女孩找到了一本名為《京司紀事》的古書，遊戲結束後，韓品儒和宋櫻花了許多時間研究那本書，並藉此了解到京司市和鄰近地區許多不為人知的歷史。

京司市曾經發生一場史無前例的大饑荒，在饑荒最嚴重的時期，卻因為發生了某件事，使得這場災禍神奇地平息。自此之後，向來多災多難的京司市竟迎來了太平盛世，百姓安居樂業、五穀豐登，人口亦開始增加。

然而好景不常，過了一段安穩的日子後，災害再次降臨。這次是由蚊子引起的傳染病，幾乎令京司市的人口削減了三分之一，接著也是發生了某件事，這才讓疫症消停。

因為《京司紀事》記載那件事的頁面不巧被蟲蛀爛了，他們無從得知到底發生了什麼事，於是才決定前來歷史博物館尋找資料，可惜這裡似乎也沒有任何關於那件事的線索。

參觀完地下一樓，韓品儒和宋櫻繼續往地下二樓前進。

越是往下走，氛圍便越陰冷，來到地下二樓後，明明空調沒多強，他們卻覺得猶如置身於死寂的冰窟。這層樓沒有其他參觀者，偌大的空間裡只有他們兩個人。

眼前展示的是近現代歷史，近代以來，京司市再也沒遭遇過任何嚴重災害，持續蓬勃發展著，如今已成為人類發展指數極高的地區之一。

由於已經進入了現代社會，這裡的展品大多以照片、文本、影音檔案為主，關於重要事件的記載亦更為詳盡。

跟災禍連年的古代相比，京司市近代的歷史顯得相當和平，甚至稱得上平淡。唯一值得注意的是，在十九世紀末期，因西方文化和宗教大舉傳入，本地的傳統宗教日漸式微，還被批評爲封建迷信，信奉的人變得越來越少。

不少市民受洗成爲西方宗教的信徒，多間本地教會應運而生，而「獻己會」正是其中之一，這亦是唯一提及獻己會的部分，除此再無其他。

「我們參觀完所有展區了。」韓品儒環顧四周，「這間博物館似乎沒有跟『遊戲』相關的線索。」

「嗯，我們參觀得很仔細，應該沒有遺漏的地方。」宋櫻點點頭，「原本以爲多少會找到些蛛絲馬跡……有點可惜呢。」

雖然頗感失望，他們也只能打道回府。

正當兩人打算走向樓層的出口時，韓品儒的眼角餘光卻捕捉到某件物品，轉過頭去，映入眼簾的是一尊灰白色的大理石雕像。

——這尊雕像剛才就在這裡嗎？怎麼經過時沒看見？

韓品儒不禁納悶，接著端詳起來。這尊雕像的造型是位天使，雙翼在背後展開，頭部微微歪斜，臉上帶著一絲嘲諷的笑容，越看越是似曾相識。

「等一下，這雕像跟聖楓高中放在主校舍中庭的有點相似……」韓品儒認了出來，「宋櫻，妳覺得……」

他話還沒說完，雕像的眼睛忽然流下兩行鮮血，頭上長出了惡魔的角，嘴巴大大地咧開，發出了高亢刺耳的邪惡笑聲。

「欸？」

正當韓品儒以爲自己出現了幻覺時，天花板的燈忽明忽滅起來，隨後所有燈光「啪」一聲全數熄掉，眼前瞬間陷入了深淵似的黑暗。

「宋櫻！」韓品儒立刻喊道，「妳在哪裡？」

他喚了好幾聲都得不到回應，不祥的預感在心頭擴大，韓品儒想從口袋拿出手機照明，卻怎樣也找不到。

方才宋櫻就在他身旁，按理說不可能走得太遠，於是他伸出雙手在黑暗中摸索，當摸到一個長髮的腦袋時，他稍微安心了些，緊接著卻驚覺不對勁。

「宋櫻？」

上方突然亮起火光，當看清周遭的狀況後，韓品儒頓時嚇得心跳似要停頓。

本來身處博物館的他竟不知在何時離開了原地，來到一座巨大的深坑之中。

放眼望去，坑裡滿滿全是人類腐爛的屍體，明顯是個亂葬崗，而他剛才摸到的是其中一具女屍。以天色來判斷，此刻是深夜，坑邊有人舉著火把，還有許多人正用鏟子挖掘泥土，一堆又一堆的黃土從天而降，落在韓品儒頭上。

韓品儒驚恐不已，他想要逃走，卻被腐屍纏住了手腳，反而越陷越深。絕望之際，四周的景色一變，他從萬人坑來到了一處寬廣的空地。

空地中央搭建著一座高高的祭壇，四周圍著許多身穿白衣、頭戴面具的不明人士，他們拿著鈴鐸、法扇、令旗等法器，唱著詭異的歌曲、跳著奇怪的舞蹈，似乎在舉行某種神祕的宗教儀式。

歌聲宛若魔音灌耳，讓韓品儒感到頭昏腦脹，接著眼前的景象逐漸像蠟一樣融化，轉瞬間他從空地來到了一座陰暗的洞穴。

此處除了他以外，還有許多跟他年紀相仿的少年少女，他們全都身穿古代服飾，正在不斷哭泣和慘叫，高喊著他聽不懂的方言。

洞穴只有一個出口，被數名衛兵牢牢看守著，少年少女跪倒在地上，向衛兵們苦苦哀求。其中一人試圖衝出去，卻慘遭衛兵用長矛刺穿身體。

之後衛兵退出洞穴，並用巨石擋住洞口，使少年少女們無法逃走，更加響亮的哭喊和哀號聲不絕於耳。

這時一陣天旋地轉，韓品儒再次被送到另一個地方。之後，他不斷地在各個時空裡穿梭、跳躍、轉移，無數奇異的畫面和聲音像洪水般湧進他的腦海，強行侵占他的思緒。

在這個過程中，他漸漸了解到一個事實，爲此震驚和恐懼不已。

最後，他來到了一座教堂，一名神父正背對著信眾講道，當神父轉過頭來時，那張臉突然變成一個黑洞漩渦，韓品儒身不由己地被吸了進去——

「呃啊！」

韓品儒醒來，發現自己返回了歷史博物館。他仍在地下二樓，正躺在一張供參觀者休息的長椅上，全身都是冷汗。

他的身旁站著一名滿臉不耐煩的博物館員工，正是那位售票員。

「既然醒來了，那應該不用叫救護車了。」售票員碎碎念，「嘖，居然在參觀時暈倒，這裡的展覽是有那麼可怕嗎？」

韓品儒馬上尋找宋櫻的身影，並在稍遠的一張長椅上看見了她。她掙扎著起身，明顯也是剛剛才醒來。

待售票員離開，韓品儒心有餘悸地對宋櫻說：「那個……我剛才做了一個很詭異的夢。」

「我也是。」宋櫻蹙著眉，「我夢到了亂葬崗、祭祀儀式……還有很多奇怪的場景。」

「原來妳也……」

兩人陷入了沉默，回憶著在夢中經歷過的種種場景，越想越是毛骨悚然，渾身冰涼。

「那個夢的內容……是眞實發生過的事嗎？」韓品儒顫抖著嗓音，「如果是眞的，那未免……那未免……」

「我也不曉得那個夢的眞實性究竟如何。」宋櫻低聲說，「但假若是眞的，那麼……我們可能已經找到終結『遊戲』的方法了。」

♚ ♛ ♜ ♝ ♞ ♟

六月下旬，夏日正式降臨大地，聖杏高中校園裡的樹木果實纍纍，金澄澄的杏子掛滿了枝頭。

聖杏高中是聖楓高中和聖櫻高中的姊妹校，跟聖櫻高中相似，亦是位於毗鄰京司市的某個市鎮。

聖杏高中爲綜合型學校，包含了高中部、高職部和寄宿部，甚至還有夜校，教學大樓和各種設施多得誇張，就連學生都會在這裡迷路。

午休時間，韓品儒和宋櫻在被稱爲「本館」的教學大樓頂樓共進午餐。自從進入聖杏高中後，他們便養成了一起吃午餐的習慣，這天也不例外。

兩人吃著從學校餐廳買來的便當，有一搭沒一搭地聊天。跟這間高中的大部分學生一樣，他們聊天的內容大多圍繞著校園裡的大小事，以及即將來臨的期末考。

時光飛逝，一眨眼他們已經準備要迎接高中生涯的最後一年了。但是他們知道，自己有很大的機會無法升上高三，而這一切自然是拜手機裡的「將軍遊戲」程式所賜。

爲了應付這個遊戲，韓品儒和宋櫻進行了不少事前調查。除了在月初參觀了歷史博物館，他們也把整座校園裡裡外外翻了個遍，並且記下了龐大複雜的校園地圖。

由於這次的遊戲名稱有「將軍」兩字，他們也蒐集了跟象棋或西洋棋有關的資料，希望藉此在遊戲裡取得優勢。另外，他們還努力地鍛鍊著體能，雖然在短時間內無法獲得飛躍性的進展，不過增強體魄總是有利無害。

暗中行動的不只他們，李宥翔和白修羅似乎也在四處勘查。韓品儒和宋櫻偶爾會在校園裡碰到他們，在教學大樓、體育館、校史館、教堂等地方都遇見過。

每當雙方擦身而過的時候，白修羅總會皮笑肉不笑地向他們打招呼，甚至挑釁幾句，李宥翔則不會有任何表示。

吃完便當，兩人站在欄杆旁邊，眺望著下方的風景。

熾熱的陽光灑遍廣大校園的每個角落，樹上的杏子金黃得刺眼，令本已活力十足的校園更顯得生機勃勃。

除了他倆以外的學生都在盡情地謳歌青春，在運動場上揮灑汗水、在教室裡努力學習、爲夢想奮發向上、爲戀愛悸動不已……對未來充滿希冀與盼望的學生們，並不知道這片土地上，將會有一場空前的浩劫降臨。

「那個，應該快要開始了吧？」宋櫻低聲說。

無須多加解釋，韓品儒也能理解她指的是什麼。

「嗯……我也覺得時間差不多了。」

「關於『計畫』，我們會確實執行吧？」

聞言，韓品儒呼吸一窒，而後猶豫地問：「我們這樣做……眞的是正確的嗎？」

「我想這不會有絕對的答案。」宋櫻淡淡地說，「有些人會認爲我們是對的，也有些人會認爲我們是錯的。」

「如果我們跟宥翔和白修羅商量一下……」

「按照李宥翔的性格，他肯定會不擇手段地破壞這個計畫，而白修羅也肯定會跟他站在同一陣線。」宋櫻搖頭，「不只是他們，萬一這個計畫暴露了，我們恐怕將成爲全體同學的公敵，每個人都會不惜一切地阻止我們。」

宋櫻的看法合情合理，韓品儒不由得陷入了沉默。

「我們的計畫必須暗中進行，不然是無法成功的。」宋櫻補充。

韓品儒點點頭，苦澀地再次開口：「我明白了……確實非這樣不可。」

「然後……這次我也會在這裡，陪你走到最後。」

再多的言語，都無法表達韓品儒對宋櫻這句話的感激。

他們牽著對方的手，靜靜感受著彼此對未來的焦慮和恐懼。

他們還能夠像這樣牽著對方的手多久？一起經歷過無數劫難的他們，這次也能守護彼此到最後嗎？韓品儒不由得思索。

悠然響起的鐘聲，象徵著午休時間的結束。

兩人正要離開頂樓時，宋櫻對韓品儒說：「今天放學一起走吧，我在校門口等你。」

「啊、好的。」

「你……該不會忘了今天是什麼日子吧？」

「欸？」韓品儒露出困惑的表情。

「算了，總之放學後校門口見。」宋櫻淡然一笑，「不見不散。」

當韓品儒來到二年B班的教室門口時，門是關著的，班會似乎已經開始。爲了盡可能地不打擾大家，他輕輕把門推開，卻發現裡面漆黑一片。他正疑惑自己是不是走錯地方，教室卻突然大放光明，全班同學隨之齊聲大喊。

「生日快樂，韓品儒！」

下一秒，懸掛在他頭頂的彩球「啪」一聲炸開，色彩繽紛的碎紙屑落到他身上。

韓品儒嚇了一跳，接著才想起今天——六月二十四日正是他的生日。

教室的天花板垂掛著彩帶、牆壁拉起了橫幅、拼在一起的課桌上放滿了零食和飲料，中央還有個大大的生日蛋糕，上面插著一塊寫著「Happy 18th Birthday」的巧克力板。

眾人嘻嘻哈哈地圍著韓品儒，把他帶到蛋糕前方，並且唱起了生日快樂歌。一曲結束，韓品儒一口氣吹熄蛋糕上的所有蠟燭，眾人都拍手歡呼。

「快許願吧！」大家笑著催促。

韓品儒闔上眼睛許下願望，接著由衷地向同學們道謝，眼角微微泛紅。

「謝、謝大家爲我慶祝生日，這實在是……實在是……」

「別婆婆媽媽的，爲同學慶祝生日是理所當然的事！」一名叫程朗的男生笑著用力拍他的背，「今天你是主角，好好地玩個夠吧！」

程朗是韓品儒的鄰座，也是他轉學至這間高中後第一個交到的朋友。程朗個子雖小，嗓門卻大，性格活潑開朗的他完全沒有辜負自己的名字。

「沒錯，而且快要期末考了，大家最近壓力都很大，剛好可以趁機放鬆一下。」班長向遠航輕推眼鏡，揚起穩重的笑。

「品儒同學，這個生日蛋糕是我和其他女生一起做的，希望合你的口味。」班花田蕊蕊朝韓品儒嫣然一笑，嬌滴滴地說。

這時，一隻白嫩的小手突然伸過來，迅速地偷走蛋糕上的巧克力板，塞進嘴巴裡「喀嚓喀嚓」地吃掉。

「笨蛋唐糖！」一名戴眼鏡的女生賞了小手的主人一記爆栗，「不准偷吃！那塊巧克力板是要留給品儒同學的！」

「可是人家眞的很想吃嘛。」唐糖癟著小嘴撒嬌，一副委屈的樣子。

「大家快把蛋糕分了吧，再不分就要被唐糖吃光啦！」

「沒錯，蛋糕在唐糖手上絕對活不過一分鐘。」

「你們好壞，嗚嗚嗚……」

大家笑鬧著起鬨，韓品儒被他們感染，也露出了發自內心的笑容。

跟他以前待過的班級相比，這裡簡直就像天堂一樣美好，大家完全不介意那些圍繞著他的、和校園屠殺事件有關的傳言，溫柔地接納了他這個轉學生。

三個月以來，韓品儒沒見過班上有任何人被欺負，每個人都十分善良親切，彼此間充滿了同學愛，氣氛愉快融洽。

「韓品儒，祝你生日快樂。」一名金髮男生微笑著交給他一份包裝精美的禮物，「我代表全班同學將這份禮物送給你，這是我最喜愛的一本書，希望也會讓你有所得著。」

「謝、謝謝大家。」

韓品儒感激地接過，他很喜歡閱讀，能夠收到書作爲禮物最是高興不過。

這名金髮男孩叫米迦勒．楊，生日會正是他提議舉辦的。因爲母親是歐洲人的關係，米迦勒擁有一頭金棕色鬈髮，虹膜也帶有一點藍色，俊美深邃的容貌使人聯想到那位被譽爲最像神的天使，可說是人如其名。

程朗曾經用崇拜的口吻告訴韓品儒，二年B班之所以如此和諧團結，米迦勒功不可沒。這個班級以前也曾充滿了霸凌和不公，同學們分成不同派系針鋒相對，連老師也相當頭疼。於是米迦勒看不下去，決定要重整班上的風氣。

他首先做的便是向那些被霸凌的人伸出援手，幫助他們擺脫困境，向遠航正是其中一個。

向遠航由於不善交際，受到同學們排擠，有好一段時間甚至拒絕上學。但米迦勒風雨不改地每天去他家拜訪，並解開了大家對他的誤會，讓他能夠重新融入班級，之後更被選爲班長。

而身材高壯的姜大勛本是不良少年，逃學、打架、吸菸、聚賭……幾乎做盡了各種壞事，米迦勒耗費了極大的耐心對他循循善誘，終於讓他痛改前非。自此之後，姜大勛從霸凌的一方變成了保護的一方，多次從小混混手裡救下同學，每個人都對他刮目相看。

至於高浚和單志杰分別是籃球社和足球社的王牌，兩人互看對方不順眼，可說是王不見王。米迦勒化解了他們之間的矛盾，讓他們冰釋前嫌，甚至成了莫逆之交。

在米迦勒的努力下，二年B班變得越來越好，一躍成爲全校的模範班級。

如果把二年B班看成一個國家，米迦勒就好比這個國家的靈魂，向遠航和姜大勛則是頭腦和劍，在他們的守護和帶領下，二年B班如同烏托邦一樣和諧美好。

「嘿！我們要不要來玩桌遊？」有人興致勃勃地問。

「好喔！」

「要玩什麼？」

「我有撲克牌，用這個玩遊戲吧！」

聽見最後一句話，正在喝檸檬水的韓品儒立刻嗆了一下，連連咳嗽起來。

「你還好嗎？」一道清脆的女聲擔心地問，輕拍他的背脊，並把面紙遞給他。

韓品儒接過面紙，抬頭看到了一名溫柔秀氣的女生，她的旁邊站著另一名同學，兩人的容貌、身高、體型十分接近，但一看制服便能知道他們的不同——一個是男孩，一個是女孩。

他們是雙胞胎尹曉生和尹暮生，曉生是哥哥，暮生是妹妹。雖然是異卵雙胞胎，兩人的外型卻是罕有的相似。

「謝、謝謝。」韓品儒向她表示。

「不客氣。」尹暮生莞爾一笑。

最後米迦勒決定玩「狼人殺」，於是同學們圍成一圈，韓品儒也拋開了心結，投入遊玩的氣氛。在生日派對的下半場裡，教室內歡笑不斷，每個人都樂在其中。

如此溫暖的一個班級，韓品儒實在不忍心目睹一切分崩離析，他衷心期望方才許下的生日願望能夠實現。

希望日常生活能夠一直持續下去，將軍遊戲永遠不會出現，不會再有任何人犧牲……

雖然知道這個願望實現的機會極其渺茫，他還是在內心暗暗冀盼著。

快樂的時光總是稍縱即逝，隨著放學鐘聲響起，生日派對迎來了結束。

每個人在離開前都再次祝韓品儒生日快樂，讓他很是不好意思，同時也覺得心頭盈滿了暖意。

韓品儒接著離開二年B班所在的本館，往校門的方向走去。在放學的人潮裡，他捕捉到一名女孩的身影，這名女孩也是韓品儒最想從她口中獲得生日祝福的人。

女孩回過頭，對他露出一抹冷淡的微笑，他也報以笑容。

「宋櫻！」

002 開局

今天是六月三十日，也是聖杏高中二年級學生壓力最大的一天——期末考。

由於各年級的考試分開在不同日子舉行，因此今天只有高二的學生們到校。二年B班的教室一大早就坐滿了應試的學生，韓品儒也在其中。

鐘聲響起，宣告著他們即將踏上名爲期末考的戰場，每個人都收拾心情，拿出文具放在桌上，並關閉手機，等待監考老師進入教室。

教室裡的指針「嘀、嗒、嘀、嗒」地走著，象徵著時間正在一分一秒流逝，可是他們等了又等，仍未見到監考老師進來。

班長向遠航決定去教職員室找老師，卻發現教室的門無法打開。

「奇怪……是有東西頂著門嗎？」

姜大勛聞言走過去幫他。明明憑姜大勛的力氣，即便要把整扇門掀下來也不成問題，然而無論他怎樣使力，弄得滿頭大汗，依舊打不開門。

眾人疑惑之際，高亢的鈴聲突然集體響起，粗暴地刺激著他們的聽覺。

「欸？我明明把手機關了……」「怎麼大家的鈴聲都是校歌……」

韓品儒對這種情景再熟悉不過，他瞬間變了臉色，掏出手機點開「將軍遊戲」，映入眼簾的是一隻用毛線纏成的吉祥物娃娃。

娃娃穿著中世紀騎士的鎧甲，身下騎著一匹迷你戰馬。

「哈囉哈囉～聖杏高中二年級的各位同學大家好，歡迎參加將軍遊戲！現在先來講解遊戲規則，大家都要仔細聽清楚唷～」

娃娃用電子合成的聲音說完，身下的小戰馬嘶叫一聲，用兩條短短的後腿站了起來。

「首先，整個二年級會被分成四個國家，A班是黑之國，B班是白之國，C班是紅之國，D班是藍之國，勝出條件是消滅其他三個國家，成爲唯一一個存活的國家～」

娃娃拿出四面不同顏色的小旗子，示意遊戲裡的四個國家。

「第二，每個國家按階級順序分別有一名國王、一名王后、兩名城堡、兩名主教、兩名騎士、三十二名士兵。階級較高的人可以命令階級較低的人做任何事，但不能超出對方的能力範圍，也不能控制對方的心智喔～」

娃娃變出一堆西洋棋的棋子，按照階級高低排成一列。

「第三，只要國王死亡，整個國家就會全軍覆沒，所有成員也都會死亡；相反的，只要國王仍然生存，即使整個國家只剩下他一個人也不算輸喔～」

娃娃用長矛刺穿迷你國王的胸口，國王身後所有人同時倒地身亡。

「第四，遊戲從六月三十日上午九點開始，直到七月三日上午九點結束，總共七十二小時，要是時限內無法分出勝負，大家都會死、翹、翹喔～」

娃娃拿出一個等身大的沙漏，裡面的沙子正慢慢流下來。

「最後，大家要做乖孩子，千萬不要離開學校範圍，否則會有很、可、怕的懲罰喔～以上，祝遊戲愉快，啾咪啾咪～」

韓品儒本以爲這次也是在學校裡尋找物品，豈知是分班對抗賽，不過同學們的反應跟之前兩場遊戲如出一轍，大多認爲是惡作劇，不值一哂。

「這是新型手機病毒嗎？程式無法刪除耶。」

「所有人同時中招，有夠詭異的。」

「老師到底什麼時候才會來啊？該不會今天的考試取消了？」

「大、大家請聽我說！」韓品儒高喊，「這、這個遊戲是玩眞的，如果不按照規則去做，大家都會死！」

聞言，眾人都顯得頗爲不解，有人以爲他在開玩笑，也有人露出寬容的微笑，大概是覺得他念書念得太累，導致出現了妄想。

程朗有點看不下去，小聲地責備他：「喂，這種玩笑可不好笑！」

「我、我不是在開玩笑……」

「遊戲……是玩眞的？」米迦勒稍稍蹙眉，似乎只有他認眞看待韓品儒說的話，「可以請你再解釋清楚是什麼意思嗎？」

於是韓品儒深吸了口氣，把之前的兩場遊戲和盤托出，大家先是露出半信半疑的表情，之後神色逐漸凝重，並且轉變成震驚和害怕。

韓品儒明白他的話必定會造成恐慌，但在生存遊戲裡，越早認清現實越有利，他必須下這劑猛藥。

「所、所以，大家千萬不要掉以輕心，也不要離開學校，這是性命攸關的事！」

所有同學都相當不知所措，齊齊看向了班上的靈魂人物米迦勒。

「我明白了。」米迦勒點點頭，「韓品儒，我相信你的話，謝謝你提醒大家。」

聞言，韓品儒不禁鬆了口氣，其他人聽了米迦勒的回應，也相信這個遊戲是眞的了。

「話說，這個類似寶箱的東西是幹麼用的？」一名男生提問，並將手機螢幕的畫面展示給大家看，「下面還有個倒數計時器，時間只剩下不到十五分鐘了。」

韓品儒的視線也落回自己的手機，只見螢幕上顯示著一個不停晃動著的寶箱。

眾人面面相覷，誰也不敢當第一個嘗試的人。

米迦勒思索了一下，之後輕點寶箱，寶箱的蓋子「啪」地打開，發出強烈的彩色光芒，還響起手遊抽角色般會有的背景音樂。

「呃！」

下一秒，米迦勒的右眼下方宛若被什麼東西燙到了一樣，皮膚上浮現一個比尋常圖章稍大的烙印，形狀是個王冠，下面用華麗的哥德式字體寫著「WHITE KING」。

「啦啦啦～恭喜你！你抽到的棋子是『國王』，能力是『國王入堡』，可與『城堡』交換位置，冷卻時間一小時，使用次數不限唷！」

米迦勒身先士卒後，其他人紛紛仿效，開啟自己手機畫面中的寶箱。

「我是『城堡』！」「『騎士』嗎？馬馬虎虎吧。」

韓品儒抽到的是所有棋子中位階最低的「士兵」，基本能力爲體能增強，特殊能力是死後會變成喪屍並且無差別地攻擊人類，只有腦部被破壞才會停止活動。

倒數即將結束，班上四十人裡有三十九人抽了棋子，只剩下班花田蕊蕊仍在猶豫不決。

現在只剩下士兵的空缺，因此田蕊蕊必然會抽到士兵，但還是需要她親自打開寶箱進行確認。

「臉上的圖案和文字……會一直留著嗎？」田蕊蕊憂心忡忡地問。對於愛美如命的她來說，這確實是個讓人困擾的問題。

「應該會在遊戲結束後消失。」尹暮生安慰她，「而且這個圖案範圍不大，塗點遮瑕膏就可以蓋住，不用過分擔心。」

其他女生也不斷勸她，可田蕊蕊就是無法下定決心。在倒數結束的瞬間，她忽然發出撕破喉嚨似的慘叫。

「啊啊啊啊啊啊！」

站在田蕊蕊身旁的幾個人嚇得馬上倒退，只見田蕊蕊整個人猶如被浸到了強酸裡，頭髮、皮膚和肌肉快速被腐蝕，紛紛溶解和剝落，還冒出絲絲白煙。不到十秒，她全身上下只剩下一具血紅的骨架，紅粉變成骷髏。

眾人震驚地看著這一幕，完全不敢相信這是發生在現實的事，過了一、兩秒，才有人爆出尖叫和悲鳴，教室內陷入混亂。

有人發瘋了一般用力撞門，有人試圖打破窗戶，也有人不斷用手機撥號想報警，但皆是徒勞無功。當遊戲開始後，他們便無法打電話和上網，所有跟外界的通訊管道一概中斷。

有些事情無論經歷多少次還是無法習慣的，同學慘死的情景便是其中之一。

韓品儒腦袋一陣暈眩，膝蓋發顫，差點就要倒在地上，不過他強迫自己撐著，絕對不能倒下。

這樣的事接下來只會持續發生，如果這種程度就受不了，那要怎樣執行「計畫」？他暗暗地想。

「棋子分配完畢啦，現在會把各位同學傳送到各國基地～」

手機傳來通知訊息，教室逐漸被白霧所吞噬，四周變得白茫茫一片，宛若置身於雲海之中。大約一分鐘後，白霧慢慢消散，教室的風景被新的景色所取代。

廣闊的空間、挑高的穹頂、黑白的地磚、木製的長椅、彩色的玻璃，這裡正是——

「校園裡的……教堂？」韓品儒喃喃地說。

「『將軍遊戲』正式開始，祝各位同學武運昌隆喔～」

各人回想起剛才田蕊蕊慘死的一幕，全都悲慟不已。女孩們相擁痛哭、泣不成聲，男孩們也極其難過，紛紛含淚咒罵這個殺人遊戲。

「蕊蕊人很好的……之前我們才一起做蛋糕……嗚嗚嗚……」「居然這樣對田蕊蕊，這個遊戲太可惡了！」

沉重的氣氛籠罩著二年B班——不，應該說是白之國，每個人的心情異常低落，一片愁雲慘霧。

作爲班上領袖的米迦勒、向遠航和姜大勛，神色凝重地走到大廳一隅低聲商議。過了一會，他們回到人群當中，米迦勒開口說話。

「當人們去到花園，看見滿目美麗的花朵，往往會從最美的那一朵摘起。」米迦勒沉重地表示，「請大家都來爲田蕊蕊禱告，祈求神能讓她在天國的花園裡永不凋零，永遠美麗地綻放。」

眾人跟隨著米迦勒向神祈禱，在他溫柔卻充滿力量的禱詞裡，大家都感受到了難以言喻的安慰，彷彿慘死少女的靈魂眞的獲得了救贖，正在翩翩飛向天國。

眾人的心情逐漸平復下來，一點一滴地接受了現實。

「還有，經過這件事後，相信大家都明白到，不跟隨群體行動是一件極度危險的事。」米迦勒正色，「希望大家以後行事都能謹慎，不要擅作主張。」

所有人聽後都默默點頭。

「那個……不知大家有沒有發現，那邊的角落有個箱子。」一名男孩猶豫地出聲，「我剛才稍微看了一下，裡面……全都是武器。」

「遊戲規則提到只有一個班級能活下來……那是代表我們要跟別班的人開戰嗎？」一名女生害怕地問。

就在不久前，他們還拿著文具準備考試，轉眼卻要手執武器像士兵一樣戰鬥，這實在讓人難以接受。更何況，他們的敵手不是陌生人，而是同年級的同學，當中還有自己的戀人和朋友。

「不，我們不能這樣做。」米迦勒嚴肅地說，「『凡拿劍的，都會死在劍下』。這場遊戲是神給我們的試煉，也是魔鬼對我們的試探，那些武器是陷阱，我們絕對不能受到迷惑。」

「那……我們應該怎麼做？」有人焦慮地問。

「我覺得我們會被傳送到這裡是有原因的。」米迦勒環顧身處的教堂，「這是神賜與的啟示，祂要我們堅守在這座神聖的殿堂裡，如同挪亞守在方舟裡，虔誠地等待暴風雨過去。」

「沒錯。」班長向遠航推了下眼鏡，「留守是最明智的做法。兵法有云：『上兵伐謀，其次伐交，其次伐兵，其下攻城』。攻城是最不可取的作戰，我們留在基地最安全。」

「我會負責爲大家看門。」姜大勛抱著強壯的雙臂，用他獨有的低沉嗓音說，「我發誓不會讓任何人突破大門這道防線。」

「那個，不好意思……」一名女生怯生生地舉手，「我……可以去D班找一下我男友嗎？我只是想確認他的安全，去去就會回來……」

這名女生說完，身旁的朋友隨即扯了她的袖子一下，面露責備，顯然在怪她多嘴。

「很抱歉，我不能讓大家離開教堂。」米迦勒婉拒，「我明白大家會很擔心在其他班的戀人或朋友，但其實這是多慮了，只要他們對神抱有堅定的信心，神必定會眷顧他們。」

聞言，那名女孩紅著臉低下頭來，不再說話了。

「從現在起，大家都要留在教堂裡，千萬不能離開，這是國王的命令。」

米迦勒環顧眾人。

「很抱歉要對大家下令，這都是爲了各位的安全著想。我們不先去攻擊別人，別人自然也不會來攻擊我們。只要持續向神祈求，神必定會帶領我們度過難關。」

「教堂裡有茶水間，存放了聖餐禮用的葡萄汁和餅乾，大家不用擔心會餓肚子。」向遠航表示，「還有，因爲神父偶爾會在教堂留宿，所以這裡也有衛浴設施，有需要的同學可以輪流使用。總之這個教堂具備了一切生存所需，大家就安心留在這吧。」

「嗯嗯，我也覺得留在教堂是最好的。」「沒錯，待在這裡最安全。」「只是三天而已，很快就過去了。」「我們的基地是這個教堂眞幸運啊。」

眾人從善如流地附和。

「等、等一下。」韓品儒插口，「即、即使我們決定採取守勢，也不一定要一味留在教堂裡吧？最、最低限度也可以派人出去蒐集一下情報，打探其他國家的基地在哪裡之類的。」

韓品儒說完，所有人都轉頭看他，眼神帶著不以爲然，好像他說了什麼難聽的話。場面安靜了一會，接著向遠航輕咳一聲。

「二年B班向來都是以集體爲單位行動，既然已經決定了要留守教堂，希望大家都能給予尊重和理解，不要輕率提出反對的意見。」

「可、可是其他國家說不定會……」

程朗輕輕推了韓品儒一下，壓低聲音在他耳邊說：「大家都贊成了，你在那邊唱什麼反調啊？」

「我、我不是要唱反調，我只是……」

四周傳來竊竊私語的聲音，同學們尖銳的目光像針一樣刺向韓品儒。

「有人好像不會讀空氣呢。」「是不會寫『合群』這兩個字嗎？」「到底是有多想出風頭？」「還眞有這種搞不清狀況的傢伙啊。」

在這種氣氛下，韓品儒只得把想說的話吞回肚子裡。明明四周都是人，他卻有種孤獨的感覺，彷彿自己是個異類。

每個人都高唱著和諧團結，他們面對相同的方向，踏著整齊劃一的步伐、喊著毫無二致的口號，卻猶如……一群被控制的傀儡。

他曾經很慶幸自己身處於這個和睦的班級，現在卻不這麼確定了。

他想起了米迦勒送他的生日禮物——一本《聖經》。他真的能夠待在這裡什麼都不做，把命運交託給這本書嗎？

♚ ♛ ♜ ♝ ♞ ♟

「願祢的國來臨……願祢的旨意奉行在人間……如同在天上……」

韓品儒表面上融入大家，低頭同聲祈禱，腦中卻在盤算要怎樣離開這裡跟宋櫻會合。這個遊戲不像之前兩場那樣，並沒有內建的傳訊系統讓他們能夠和其他玩家通訊，如果他想跟宋櫻聯絡，就必須離開教堂去找她。

他知道憑宋櫻的生存能力，此刻多半安然無恙，可是他仍然想親眼確認她的平安，也想跟她商量接下來的對策。

唸咒一樣的祈禱聲加上從提爐裡飄出來的濃烈乳香，簡直就是雙重的迷幻藥，韓品儒被弄得有點頭昏腦脹，決定要去洗手間透透氣，這點自由他們還是有的。

他在洗手間洗了把臉，正準備回去時，卻發現洗手間旁邊有條狹窄的通道，盡頭有扇鐵門，似乎可以通往教堂外面。

雖然被下達了不准離開的命令，韓品儒還是想試一下，於是趁著四下無人，他走過去把鐵門的門栓打開——

「那是沒用的。」一道嗓音在他背後響起，「我剛才試過了。」

韓品儒吃了一驚，回頭看到一名右眼下方有著「主教」印記的褐髮男生，這名男生是班上的雙胞胎之一，韓品儒老是記不住他們的名字。

「你、你是尹……呃……」

「曉生。」男生粲然一笑，「你只要記得男生是早上，女生是晚上，那就不會搞混了。不過我和我妹長得很像，如果穿著相同的衣服，就連爸媽乍看也可能弄錯呢。」

韓品儒點點頭，「你、你剛剛說的『試過』是指……」

「我也想離開這裡，於是嘗試開門出去，哪知兩隻腳像生了根一樣，一步都無法移動，果然國王的命令是無法違抗的。」

「你、你也想離開？」

「你以爲我跟其他人一樣，都將米迦勒當成教祖一樣盲目崇拜？」尹曉生苦笑，「事實上我也認爲待在教堂裡不是辦法，我妹也有類似的看法，只是我們都不太敢說出來而已。」

聽尹曉生叫米迦勒「教祖」，韓品儒覺得頗爲貼切，這個班級確實給他一種新興宗教的感覺，大家都是米迦勒的信徒。

韓品儒還算是初來乍到，比較能以客觀的態度看待這一切，而尹曉生一直都在這個氣氛特殊的班級，卻依然能保持獨立思考，沒有迷失自我，這說明了他這個人頗不簡單。

「大概是因爲我常常看反烏托邦題材的電影，對這種事還挺敏感的……啊，我說這些話會讓你感到困擾嗎？」尹曉生問。

「不、不會。」韓品儒搖頭，「其、其實……我可能跟你有相似的想法。」

「說實在的，我們這樣自困在教堂裡，等同於自掘墳墓。」尹曉生忍不住嘆氣，「說不定其他三個國家早已結成同盟，也說不定已經有國家掌握了我們的位置，準備攻打我們。教堂大門被攻破的那一刻就是我們的死期，而大家在那時還在祈禱呢。」

「我、我有同感。」韓品儒也說出他的心聲，「雖、雖然米迦勒是好人，他把大家留在教堂也是出於善意，可是他的做法不一定是正確的。」

「我就知道你是明白事理的人，那我就開門見山了。」尹曉生眼裡隱隱閃過一絲光芒，「白之國在米迦勒的帶領下只會步向滅亡，我們不需要這樣的國王。」

韓品儒一凜，「你、你該不會是想……」

「別緊張，我沒有想對米迦勒怎樣，這個遊戲有殉葬制度，殺他等於自殺，我不會輕舉妄動。」尹曉生安撫他，「不過……稍微給他一點教訓倒也無傷大雅。」

「那、那你到底想做什麼？」

尹曉生從口袋裡拿出一個拇指大小的玻璃瓶，上面的標籤有個骷髏頭加上兩根交叉骨頭的圖案。

「這是除草劑，我在雜物間發現的。如果直接喝的話必死無疑，但是用大量清水稀釋後，喝了只會造成嚴重的胃絞痛，不會有多大的後遺症。」

韓品儒不禁變了臉色，「難、難道你想把這個……」

「等等分派葡萄汁的時候，我們可以把稀釋過的除草劑偷偷加進米迦勒、向遠航和姜大勛的杯子裡。」尹曉生說出他的計畫，「他們倒下後，就是我們拯救白之國的最佳時機。」

「等、等一下。」韓品儒有些緊張，「雖、雖然我也希望白之國的風氣可以改變，可是下毒這種事……」

「我也是萬不得已才想這樣做，假如我們不盡快採取行動，這個國家必定會步向滅亡。

我絕對不會眼睜睜看著我妹送死，爲了她，我什麼都做得出來。」

尹曉生的眼神變得晦暗。

「你也有想守護的人吧？我知道你跟C班某個女生走得很近，假如我們不早日把這個國家撥亂反正，你也沒辦法去找她。」

聽他提及宋櫻，韓品儒不由得猶豫了。

「可、可是……除草劑可是劇毒，你能保證稀釋過後就不會喝出人命嗎？還、還有，即使米迦勒他們昏倒，其他人也不見得就會聽我們的……」

「我明白你的疑慮，不過我不會拿我的命冒險，更不會拿我妹的命冒險。」尹曉生表示，「我也曉得做了不一定對事情有幫助，但不踏出第一步的話，情況永遠不會有進展。」

韓品儒沉默了一會，「不、不好意思，我想我眞的無法幫你……或、或許我們可以再想想其他方法，不見得要下毒。」

尹曉生難掩失望之情，「那好吧，我不會勉強你的，請你忘記剛才的對話。」

「如、如果你還有其他需要我的地方，我會幫忙的。」

「沒關係，我只要知道也有人想推翻米迦勒就夠了。」尹曉生拍了拍他的肩頭，「我們再不回去會被懷疑的，一起回去也不好，我先走了。」

望著尹曉生離去的背影，韓品儒心裡隱隱有種不祥的預感，事態似乎正在朝危險的方向發展。

現在是下午兩點左右，將軍遊戲已經開始了近五個小時。

在這段時間裡，二年Ｂ班全體所做的事就只有在教堂裡祈禱和唱詩，不然就是讀經，完全沒和外界有任何接觸。同樣的，直到現在也沒有其他國家的人來到這間教堂，風平浪靜得讓人懷疑遊戲是否還在進行當中。

韓品儒思索良久，決定再試著跟米迦勒討論看看，說服對方解除禁足令，至少也要安排一些防範敵人的措施。

在這之前，他們先迎來了用餐時間。

幾個人負責從茶水間拿來葡萄汁和餅乾，米迦勒先是帶領大家作餐前祈禱，正當各人要開動時，他卻突然說：

「這裡有猶大，他在葡萄汁裡下了毒，汙染了主的寶血。」

教堂內一片譁然，手裡剛好拿著葡萄汁的人更是嚇得把紙杯掉到了地上。

「葡萄汁被下毒了？」「是誰做的？」

「你先前有親耳聽見他們的對話吧？」米迦勒對一名小個子男生說，「就把事情一五一十地對大家說吧。」

那名男生正是程朗，他刻意避開韓品儒的視線，向眾人說明：「我……之前去上洗手間的時候，隱約聽到韓品儒和尹曉生在後門那邊聊天，內容聽得不是很清楚，只聽到他們說要把除草劑加進葡萄汁裡什麼的……」

「這是眞的嗎？」米迦勒問。

雖然韓品儒沒做虧心事，卻仍不由自主地緊張起來。尹曉生拍拍他的手臂安撫他，把手放下時，狀似不經意地掃了韓品儒薄外套的口袋一下。

「讓我來跟大家解釋吧。」尹曉生朗聲開口，「沒錯，我們確實有過那樣的對話。韓品儒說他實在受不了要固守在教堂裡，所以想對米迦勒下毒——」

「等、等一下！」韓品儒急忙否認，「說、說要下毒的人明明是你，你怎可以顚倒黑白？」

「我明白你的苦衷，你是爲了去找C班那個女生才這樣做。」尹曉生露出諒解的表情，接著又對眾人表示：「希望大家不要把韓品儒當成壞人，他只是一時想不開才犯錯。」

「你、你到底在說什麼？」

「那個……」一名女生囁嚅著說，「剛才準備葡萄汁的時候，我看見韓品儒偷偷把什麼加進了裡面……」

「葡、葡萄汁的分量不夠大家喝，我只是把水兌進去！」韓品儒趕緊解釋，「我、我眞的沒有下毒！」

「既然你堅持自己是清白的，那應該不怕搜身吧？」向遠航用中指把眼鏡往上推，「如果搜出了證據，那就無話可說了吧？」

韓品儒很清楚自己是無辜的，於是任由姜大勛來搜身，豈知——

姜大勛從韓品儒的口袋裡拿出一個拇指大小的玻璃瓶，「這是什麼？」

血色一下子從品儒臉上褪去，「這、這個不可能出現在我身上！我、我是被栽贓的！」

「你的意思是大勛當著大家的面栽贓你？」向遠航瞇起眼睛。

「不、不是他……我是指尹曉生……肯、肯定是他偷偷把瓶子……」

雖然韓品儒努力爲自己辯解，但眾人看著他的目光都帶著強烈的不信任。

「天哪，這人也太可怕了……」「他還想把鍋推給別人呢，嘖嘖。」

「我想事實已經很明顯了。」米迦勒平靜地發話，「你必須爲自己做的事向神懺悔，韓品儒。」

眾人重重包圍著韓品儒，給予他極大的壓力，他下意識地轉身逃跑，卻被認定了是畏罪而逃，跑不了幾步便被抓回去。

姜大勛往韓品儒的膝窩踢了一腳，逼他跪下。

「我、我眞的沒有——」

米迦勒接下來的話揭示了他在這場遊戲的命運。

「你就在告解室裡好好反省，直到遊戲結束吧。」

♚ ♛ ♜ ♝ ♞ ♟

自從韓品儒被關進告解室後，已經過了一段頗長的時間。

他沒有幽閉恐懼症，可長時間被困在狹小的密閉空間裡，還是一件相當難受的事。

他沒吃沒喝，又累又餓，只能在黑暗中呆坐，連躺下來休息或伸展手腳也做不到。他想知道現在是幾點，然而他的手機被沒收了，也沒人好心告訴他時間。

外面隱約傳來淅瀝瀝的聲響，似乎是下起了雨，教堂裡早已聽不見祈禱聲，只間或響起走動和談話的聲音。

「你有行動電源嗎？那邊的角落有個不知是誰的充電器，不過用不了……」

「那個好像是壞的，我把我的借你吧……」

韓品儒聽了一會諸如此類沒營養的對話，接著連說話聲也漸漸消失，應該是大家都累了，正在休息或睡覺。

正當韓品儒也要迷迷糊糊地睡著時，忽然有人輕敲了告解室的小窗。

「是、是誰？」

「我是米迦勒。」一道溫和的嗓音回答，「我想你應該餓了，我拿了點吃的給你。」

原本被封了起來的告解室小窗從外面打開，米迦勒遞給他一個小托盤，上面放了一杯清水和幾片餅乾。

韓品儒本想有骨氣地拒絕，無奈他的肚子不合時宜地咕嚕嚕叫了起來。

「把、把食物分給我眞的好嗎？」韓品儒認命地接過托盤，「我、我不是猶大嗎？」

米迦勒搖搖頭，「我相信你沒有下毒。」

「那、那爲什麼……」

「你說你沒有下毒，我便信了，我不喜歡懷疑同學。」米迦勒表示，「我把你關在這裡不是因爲你下毒，而是因爲你犯了比下毒更嚴重的錯。」

「欸？」

「你破壞了班上和諧團結的氣氛，總是想著要離開教堂，還慫恿其他人跟你做相同的事，這才是你錯誤的地方。」

米迦勒淡然解釋。

「一人無法成國，無論是神的國還是人的國，國家都是由複數的人組成的。要建立國家，必須凝聚眾人的力量，所有人緊密地結成一個群體，向著同一個方向努力。二年B班是個好不容易才建立起來的理想國，我不容許有人破壞。」

說著這番話時，米迦勒那雙清澈的蔚藍眼眸目光堅定，他神智清楚，很明白自己在做什麼，卻令韓品儒有種不寒而慄的感覺。

「我、我沒有破壞群體，我……我只是提出不同的意見而已。」

「你不覺得自己是在破壞，這正是問題所在。」

米迦勒強調。

「蹺課是抗拒群體，霸凌是侵蝕群體，對抗是撕裂群體，我會盡我所能把一切對群體不利的因素鏟除。不過對群體危害最大的，莫過於『異議』，它們好比惡魔種下的幼苗，如果不及早連根拔起，便會造成嚴重的災難。」

韓品儒的背脊不由得升起一股涼意，「你、你之前在班上所做的一切，全是爲了所謂的群體？」

「事實證明，我所做的事對大家是有好處的。」米迦勒面不改色，「假使你願意回到群體之中，不再起異心，我會放你出來，也會原諒你先前的所作所爲，否則便只能讓你繼續留在這裡面了。」

韓品儒先是沉默不語，而後低聲開口：「如、如果所謂的理想國是必須扼殺個人的思想，不准有不協調的聲音，那麼……我還是留在黑暗中好了。」

聞言，米迦勒也不動氣，反而露出了憐憫的微笑。

「既然你這麼想，那就沒辦法了。你先休息一下，我會再來的，希望下次你會想通，我會為你祈禱。」

待米迦勒再次把小窗關上，韓品儒不禁有點後悔。在這種時候沒必要對著幹，他應該先委曲求全，能離開這個牢籠比什麼都好。

他嘆了口氣，把水和餅乾解決掉，之後靠著牆壁闔上眼睛休息。

不知過了多久，韓品儒被一陣嘈雜的聲音吵醒，聽起來像發生了什麼騷動。

他仔細辨別，似乎是有大批人群正在教堂外面聚集，並且不斷地衝擊著大門。接著，窗戶被打破，玻璃碎片嘩啦嘩啦落下的聲音傳來。

「好吵……」「不要吵好嗎？大家都在睡呢。」「有人來了？」「不好！是其他國家的人！」「別睡了，所有人都來幫忙！」

許多人仍在睡夢當中，被吵醒後紛紛抱怨，有些反應較快的人則立刻清醒過來，並且意識到大事不妙。

「大家都把長椅搬過來！」姜大勛號召同學們，「快點！我們不能讓大門被攻陷！」

眾人終於察覺到事態緊急，七手八腳地把長椅和其他雜物搬到大門前方，堆成一座小山似的屏障。外面的人仍在鍥而不捨地衝撞，還大聲辱罵叫囂，揚言要殺光白之國的人。

「請大家保持冷靜！」向遠航努力穩定軍心，「教堂只有正門和後門兩個出入口，窗戶全都位於難以到達的高處，我們待在這裡很安全。只要堅持不開門，他們發現拿我們沒辦法自然會撤退。」

然而他的話無法發揮安撫的作用，教堂裡依舊人心惶惶，好幾名女孩害怕得啜泣起來。

過了一會，衝擊大門的聲音漸漸緩和，外頭的人似乎放棄了進攻。正當眾人稍微放下懸著的心時，第二波攻擊隨即降臨。

這次被瞄準的並非大門，而是窗戶。一支點了火的箭矢射進來，插中一張椅子後開始燃燒，惹來眾人的驚叫。

「燒起來了！」「哪裡有滅火器？」

他們慌慌張張地把火撲熄，但火焰箭不間斷地射入，根本應接不暇。接著他們更發現火焰箭僅僅是前奏，後面還有燃燒瓶，瓶子在撞擊地面的瞬間應聲破裂，裡面的助燃劑熊熊燒了起來。

不一會，教堂裡火光四起，煙霧瀰漫，就連身處告解室的韓品儒都有點呼吸困難。

「再待在這裡我們都會被燒死的……咳……」「後門好像沒人，從那邊逃走吧！」

混亂中不知是誰這麼提議，向來慣於集體行動的眾人聞言，不假思索地一起衝向了後門。

「等一下！大家不要衝動！所謂圍師必闕……咳……他們是故意留一個缺口引我們出去，大家千萬不要中……咳咳……」

逃命要緊，大家已經什麼都顧不上了，向遠航說的話沒人聽得進去。

「求祢寬恕我們的罪過……咳……如同……咳……我們寬恕別人一樣……不要讓我們……咳……陷於誘惑……咳……但救我們免於……咳咳咳……」

依然留在大廳裡的人寥寥無幾，這些人把米迦勒的話奉爲圭臬，堅信著只要祈禱便能度過難關，即使快要窒息仍不肯逃走，其中一個身體較虛弱的女生早已暈倒了。

「我、我還在這裡！」韓品儒在告解室裡用力拍門，扯開喉嚨大喊，「請、請幫我開門……咳……」

他不斷地求救，無奈外面一片兵荒馬亂，各人自身難保，沒人有餘力去幫他。他嘗試撞門和撬門，仍無法把門打開。他不住地咳嗽，被濃煙嗆得難以呼吸，正感到絕望之際，告解室的門終於開啟，幫他開門的是尹暮生。

「快逃吧！」尹暮生簡短地說。

眾人一窩蜂地湧向教堂後門，手忙腳亂地打開沉重的鐵門後，卻無法越雷池半步，擠在狹窄的通道中。

「國王的命令還沒解除！」「米迦勒在哪裡？快解除不能離開教堂的命令啊！」

他們在人群裡尋找米迦勒，可是始終不見他的蹤影。

「向遠航、姜大勛！你們知道米迦勒在哪嗎？」足球部王牌單志杰高聲問，「快叫他解除命令讓大家逃生啊！」

向遠航和姜大勛堪稱米迦勒的左臂右膀，但就連他們也不曉得他到了哪裡去。

而後門被打開，白之國的防線終於全面崩潰，敵人如同一群嗅到鮮血的餓狼般，從缺口大舉攻入教堂。

從這些人臉上的烙印來看，均是來自紅之國和藍之國，也就是二年C班和D班——這兩個國家顯然結成了同盟。

跟採取和平路線的白之國相反，他們全都有備而來，每個人手裡皆拿著明晃晃的武器，大部分是西洋刀劍，也有少量的戰斧。

這些武器即使由成年男性來使用，大概也會對其重量感到吃不消，不過由於士兵的其中一項能力是增強體能，因此一個普通的高中生也能輕易揮動武器。

白之國最早逃向後門的幾個人成了第一波攻擊的犧牲者，他們被砍倒在地，身體變成了踏腳石，被一大堆人踐踏而過，轉眼便成了一團淒慘的肉糊。

「可惡！爲什麼要殺人？」「我們不是同學嗎？」「醒醒吧！快放下武器！」

目睹同學在眼前被殘殺，白之國有些人還是搞不清楚狀況，仍然盲目地相信大家都是和平愛好者。不過也有些人已經清醒過來，趕緊衝向箱子拿武器，好幾個屬於高階棋子的人也拿出手機，準備啟動異能。

紅藍聯軍沒費多少力氣便闖進教堂，那些還在祈禱的人首當其衝，淪爲了刀下亡魂。

不知出於什麼原因，紅之國的侵略者以女生居多，一個個外表柔弱的女孩拿著武器大開殺戒，充滿了違和感。

其中最引人注目的是一名騎士，她化作半人半馬的模樣，動作異常迅速靈活，彷彿會瞬間移動一樣，不少人還來不及意識到發生什麼事，就被她的長矛貫穿了身體。

藍之國侵略者的性別比例則相對平均，當中的男生是聯軍的主力，個個一副好勇鬥狠的樣子，白之國大部分的傷亡都是他們造成的。

姜大勛是「王后」，亦是全場階級最高的棋子，他啟動了王后的能力，全身披上盔甲，手執可射出能量球的寶石權杖，一人發十人之力獨自牽制聯軍的主力。

「城堡」向遠航則築起半徑達兩公尺的圓形電磁防禦牆，保護著那些害怕得無法戰鬥的人，並且擔任指揮塔的角色，下令眾人進攻或防守。

眾人負隅頑抗，本來處於劣勢的白之國漸漸扳回了局面，藍之國的人眼看勢頭不對，開始萌生退意，紅之國的人卻像著了魔一樣，仍在奮勇殺敵、力挽狂瀾。

一名死後變成喪屍的白之國士兵撲向一名長髮女生，她敏捷地閃身避開，再用斧頭砍掉喪屍的半個腦袋。她的臉上和身上都濺滿鮮血，象徵紅之國士兵的烙印也如血一般殷紅。

這名女孩正是宋櫻，她高高舉起染成紅色的斧頭，對準了一名手無寸鐵的嬌小女生，是在生日會上偷吃巧克力板的唐糖。

「不想死就快逃吧！」宋櫻咬牙催促。

別說逃跑，唐糖已經嚇得整個人軟倒在地上，還尿溼了裙子。

「求……求妳……不要……殺我……嗚嗚嗚……」她哭著哀求。

宋櫻露出天人交戰的神情，彷彿在跟什麼看不見的力量極力對抗著，但最終還是手起斧落，往唐糖的肩頭砍了下去，狂噴的鮮血灑了兩人一身。

「宋櫻！」

聽見這聲呼喚，宋櫻回過頭來，與韓品儒的目光在戰火中交會。

「不要——」

宋櫻對韓品儒喊，然而四周戰鬥的聲音過於激烈，韓品儒並沒有聽清楚。

此時一名藍之國的喪屍兵撲向韓品儒，他趕緊躲到拱門後方，結果喪屍兵咬中拱門，滿口牙齒應聲而碎。韓品儒接著撿起一把不知是誰掉落的長劍，對準喪屍兵的頭部砍了下去。

他努力越過重重障礙去找宋櫻，好幾次差點死在敵軍手下，當好不容易來到宋櫻身旁時，他不僅滿身鮮血，左腿的骨頭還裂開了。

然而宋櫻見到他後，臉上卻沒有絲毫喜悅，有的只有絕望。

「我不是叫你不要過來嗎？」

宋櫻竭盡全力控制著握住斧頭的雙手，連手背都浮現青筋，可是她的努力終告失敗，斧頭還是往韓品儒砍了過去。

韓品儒嚇得馬上以劍抵擋，劍刃隨即斷裂。

宋櫻接著又瞄準他的頭部直劈而下，韓品儒狼狽地閃躲，宋櫻一下子收勢不及，斧刃劈進了一張長椅。

韓品儒手上仍拿著斷劍，如果他想反擊，大可以趁現在把它刺進宋櫻的要害，不過他明白自己不可能這樣做。

宋櫻拔出卡在長椅上的斧頭，正要再次砍向韓品儒時，尹暮生突然從旁殺出，一下子將她撲倒在地。

兩名女孩糾纏著互相廝殺，韓品儒上前想分開她們，卻被宋櫻不長眼的斧頭劃破胸膛。

韓品儒倒在血泊裡，逐漸失去焦距的眼球映著宋櫻和尹暮生激烈的戰況，朦朧中看到尹曉生也跑來幫自己的妹妹。

他無法阻止鮮血不斷離開身體，亦無法阻止意識逐漸抽離，最終在漫天戰火中緩緩闔上了眼睛——

003 兌子

當韓品儒再次醒來時，已是凌晨的事，將軍遊戲進入了第二天。戰爭結束，教堂從戰場變成了戰地醫院。

他在長椅上掙扎著坐起，發現自己的胸口、左腿和其他地方的傷口都被治療過，整齊地纏著敷料和繃帶。

他本以爲自己存活無望，哪知道傷勢竟神奇地好了七、八成，此外，他先前被沒收的手機也被歸還，正好好的放在他身旁。

他在人群中看到尹暮生，她同樣傷得不輕，但仍在細心地照料其他傷者，一些沒有受傷或只受了輕傷的人也在四處奔走，幫助難以動彈的人。

白之國在開戰前有三十九人，現在只剩下二十九人，他們以十名同學的性命爲代價，擊退了來自紅之國和藍之國的入侵者。

見白之國傷亡慘重，韓品儒覺得紅之國和藍之國應該也不遑多讓，於是不由得擔心起宋櫻來，不曉得她有沒有受傷，甚至是不是還活著。

雖然宋櫻一度想置他於死地，不過她恐怕是另有苦衷，並非出自眞心——韓品儒這麼堅信著。

「品儒同學。」見到韓品儒，尹暮生的眼睛亮了亮，「太好了，你終於醒來了。你的傷口怎樣？還很痛嗎？」

「已、已經好多了。」

「你的傷口是我包紮的，我包得不太好，希望你不要介意。」

想到包紮時可能的情景，韓品儒不禁有點難爲情，「妳、妳包得很好，謝謝。」

「不客氣。」尹暮生溫婉一笑，接著表情稍稍變得嚴肅，「對了，我哥把事情經過都跟我說了，他那樣陷害你實在太卑鄙了。我剛才罵了他一頓，等等會讓他正式向你道歉，也會讓他向全班同學解釋清楚，還你一個公道。」

韓品儒明白她指的是在葡萄汁裡下毒的事，他本來對此頗爲氣憤，不過在經歷了慘烈的一仗後，那似乎早已微不足道了。

「算、算了，都是過去的事了。」

注意到韓品儒和尹暮生在聊天，尹曉生也走了過來。

「你醒啦。」尹曉生對韓品儒說，「每個國家的基地都有『治癒』的能力，只要待在基地範圍內就能夠加快傷口的癒合速度，所以你的傷勢應該好得差不多了。」

「你、你是怎麼知道的？」韓品儒問。

「是向遠航告訴我的，而他則是從米迦勒口中得知，米迦勒好像隱瞞了不少只有國王才擁有的情報。」

此時，尹暮生用手肘撞了撞她的兄長，尹曉生有點尷尬地搔頭。

「他不是說都是過去的事了嗎……痛痛痛痛！我的頭髮……呃、那個……韓品儒，我爲誣陷你的事鄭重道歉，眞的很對不起。」

這有趣的一幕令韓品儒胸中的悶氣頓時煙消雲散，而尹暮生滿意地點點頭，之後有人喚了她一聲，她便繼續去照顧傷者了。

「你有妹妹嗎？」尹曉生揉著被扯痛的頭皮問韓品儒。

「沒、沒有，我是獨生子。」

「我小時候最大的願望是跟我妹結婚……少用看到變態的眼神看我，我也明白這不可能，所以長大後我的願望變成了好好守護我妹，直到有配得上她的人跟她結婚爲止。」說到這裡，尹曉生眼神一變，狠狠地瞪著韓品儒，「所以，你他媽的別想打她主意！」

韓品儒只覺哭笑不得，有尹曉生這樣的大舅子在，其他人敢追尹暮生才怪。

「算了，先不說這個。」尹曉生換了個話題，「將軍遊戲追加了新功能，你要不要看看？」

韓品儒點開手機裡的遊戲程式，毛線娃娃立刻跳了出來。她頭戴紅色軟帽、身穿淺黃色長裙，手裡高舉旗幟，打扮得活像名畫《自由引導人民》裡的自由女神。

「革命的時候到了！嚮往自由的人民啊，用你們的手機進行投票，換掉原本的國王，選出新的國王吧！革命萬萬萬萬萬萬歲！」

毛線娃娃激動地搖旗吶喊，她身後還有一票迷你娃娃在起鬨附和。待動畫結束，畫面顯示出關於革命的詳細規則，例如革命結束後要等十二小時才可以再度發動、國王無權投票、不能用「命令」干涉革命等等。

「白之國是時候選出新的國王了。」尹曉生表示，「經過昨晚的戰役，相信大家都已經清醒過來，不會再盲目地服從米迦勒了。」

「說、說到這個，米迦勒好像不在這裡？」韓品儒環顧四周。

「他在地窖裡，好像還在祈禱，他確實需要自求多福。」

尹曉生露出嘲諷的笑容。

「打從昨晚我們被入侵起，他就一直躲在那裡。其實躲起來也是人之常情，可是最少要先解除禁足令啊。因爲他的命令，大家被迫留在教堂裡任人魚肉，如果可以及時逃走，那就不會有這麼多人死傷了。」

韓品儒同意他的看法，雖然米迦勒沒直接殺人，但他的確必須負上部分責任，他的命令委實害人不淺。

「根據規則，只要有超過一半的人投票同意換掉國王，那就是革命成功，之後會再選出新任國王。每個人都有機會成爲國王，想投票給自己也可以。」

「你、你想當國王嗎？」韓品儒問。

尹曉生聳聳肩，「雖然『不想當將軍的士兵不是好士兵』，不過當了國王後會成爲被保護的對象，行動難免受到限制，這不符合我的性格，所以我就算了。」

「那、那你有打算投給誰嗎？」

「我投給誰都可以，只要他不是米迦勒二世就好。」

大約一個小時後，白之國所有倖存者——包括米迦勒在內——齊聚在教堂正廳的祭壇前面，商討革命事宜。

有人認爲革命勢在必行，也有人覺得沒有選出新國王的必要。

「米迦勒沒做錯，錯的是侵略我們的紅之國和藍之國。」向遠航向大家呼籲，「從現在起，我們會調整策略，米迦勒會帶領白之國邁向勝利的。」

向遠航向姜大勛使了記眼色，示意他也替米迦勒說話，姜大勛卻面有難色。

「大勛？」

「對不起。」姜大勛朝米迦勒深深地低下頭，「我永遠不會忘記是你勸我離開那群混混，如果沒有你，我仍然會像爛泥一樣活著，可是……我也忘不了昨晚發生的事。那些擠在教堂後門的人，他們因爲無法逃走而絕望的表情，我……無法忘記。」

「大勛！」

向遠航緊張地喊他，但姜大勛並沒有修正說法的意思。

姜大勛和向遠航一樣，一直都是米迦勒的得力助手，聽他這麼說，不少人都感到錯愕。連姜大勛都不再支持米迦勒的話，米迦勒的地位就更岌岌可危了。

「米迦勒，你有什麼想對大家說的嗎？」尹曉生問。

所有人的目光都集中在米迦勒身上，他沉默了一會，而後不疾不徐地開口。

「對於昨天晚上有這麼多同學不幸犧牲，我實在相當抱歉。我相信他們都去了一個更美好的地方，那裡不會有戰爭和死亡，在主的懷內他們都能得到安息。大家可能會質疑昨晚我爲什麼只是留在地窖祈禱，我必須說，身爲國王暴露行蹤是極危險的。假如我沒有及時隱藏起來，恐怕早已被殺，並連累大家一起陪葬。爲了這個國家、爲了這個群體，我甘願被當成一個膽小鬼。」

「你躲起來不是問題，但爲什麼沒有解除禁足令？」尹曉生質問。

「因爲我相信堅守在教堂裡才是最好的選擇。」

米迦勒不卑不亢地回答。

「先前爲避免大家胡思亂想，我沒有將一些只有國王才知曉的情報說出來，其中一項就是基地其實有個隱藏機制。

除非親眼看到那個國家的人從基地裡走出來，或是那個國家的人自行將基地位置告知其他國家，否則基地是無論如何都不會被發現的。只要隱藏機制未遭破解，即使走進基地裡也只會看到一個普通的空間，不會察覺絲毫異樣，猶如進入了平行時空。

由於禁足令的關係，沒有人能離開這個基地，換句話說，昨晚的慘劇其實是這裡的某個人用了某種方法，把基地的位置告知其他國家導致的。」

米迦勒這番話巧妙地轉移了指向他的矛頭，眾人不禁竊竊私語起來，猜測那個洩漏基地位置的叛徒究竟是誰。還有人因爲韓品儒之前被懷疑下毒，向他投去了不友善的目光。

「各位同學，雖然我們行過死蔭的幽谷，不過只要對神懷抱著信心，最終都會獲得救贖。」米迦勒說，「大家都來祈禱吧，神必定會——」

「向神祈禱並沒有錯。」尹暮生突然開口，「只是……不曉得你有沒有聽過這樣一個故事？」

所有人紛紛轉頭看著尹暮生，人群裡宛若泛起了一陣漣漪。

「有個虔誠的人遇溺，他不斷向神祈禱，希望神會拯救他。在他祈禱的期間，有人把泳圈拋向他，他沒接；有人划著小艇去救他，他沒理；有人從直升機降下繩梯給他，他沒爬。最終他溺死了。當他在天堂遇見神，他問神爲什麼不救他，神說祂已經救了他三次，然而他只顧著祈禱，沒有好好把握獲救的機會。」

韓品儒明白尹暮生想表達的意思。

假如當初他們不是只留在教堂裡祈禱，而是把那些時間用來擬定作戰計畫，說不定就能避免昨晚的圍城；假如米迦勒在大軍壓境時不是只顧著躲起來祈禱，而是先解除禁足令，說不定就能減少傷亡的人數。

所謂的救贖不會像奇蹟般從天而降，而是要靠自己努力去爭取。

「即使你把大家留在教堂的出發點是好的，但昨晚教堂遭受攻擊時，你應該就明白基地的隱藏機制已被破解，大家繼續留在教堂裡只有死路一條。」

尹曉生責備米迦勒。

「船長在船隻遇難時有疏散乘客的責任，你解釋了一大堆，依舊無法掩飾你的命令間接害死了十條人命的事實。」

「志杰是第一個衝向後門的人……結果也成了第一個被殺的人。」

籃球部的王牌高浚兩眼通紅，雙手緊緊地捏成拳頭，努力壓抑著悲憤的心情。

「志杰是優秀的足球選手，跑得比這間學校的任何人都快，若不是你那該死的命令，他一定來得及逃跑！什麼留在教堂才是最好的選擇……我們自己懂得分辨，你不要在那邊自作主張！」

聽高浚這麼一吼，其他人也紛紛道出他們的不滿，猶如山洪爆發般一發不可收拾。

「沒錯！我們也有自己的想法，才不要聽你的！」「明明就是自私自利，不要再消費『群體』這兩個字了！」「你根本是個用聖經包裝自己的獨裁者！我呸！」「打倒暴君！白之國要革命！」

群情越來越激憤，他們高喊著口號，向米迦勒步步進逼，向遠航想擋也擋不住。

「革命！」「革命！」「革命！」「革命！」「革命！」「革命！」

看著這些圍攻、聲討米迦勒的人，韓品儒愣住了。

之前米迦勒說要留守教堂時，這些人到哪裡去了？那時大家不是嚷著和諧團結，一致同意要追隨米迦勒的嗎？

剎那間，韓品儒有種想哭又想笑的衝動，彷彿觀賞了一齣無比荒謬的鬧劇。

等同學們的情緒稍微平復了些，尹曉生對眾人說：「那麼請大家都來投票吧。如果希望國王換人當，請選擇『YES』，否則就是『NO』。」

看著顯示在手機螢幕上的兩個按鈕，韓品儒嘆了口氣，選擇了「YES」。

其他人也做出他們的選擇，結果很快出爐。

「白之國總共有二十八人投了票，選擇『YES』的有二十七票，選擇『NO』的有一票。恭喜白之國的大家，革命成功啦！」

打扮成自由女神的毛線娃娃歡樂地說，後面還有幾個小天使在吹響號角。

「那麼，接下來就是要選出新——」

嗖！

尹曉生話未說完，大廳裡突然響起鐮刀劃破空氣似的聲音，米迦勒的脖子轉瞬多了一條紅線，下一秒，他的頭顱滾落在地。

血柱從脖子的切口噴了出來，足足有幾公尺高，彷彿有人把一道紅色噴泉搬到了這裡。

所有人見狀都震驚不已，像被施了定身咒般紛紛呆住，數秒後，尖叫聲響徹了整間教堂。

尹曉生定定地注視著米迦勒那顆染血的金色頭顱，用敬畏的嗓音呢喃：「這就是……革命，被革命推翻的國王，下場就只有……斷頭臺。」

「如果我們知道米迦勒會……會有這樣的下場，大家都不會選擇『YES』的……」尹暮生顫抖著說，「對不起……米迦勒……對不起……」

「少在那邊貓哭老鼠！」向遠航紅著眼怒吼，「你們殺死了米迦勒！你們這群殺人兇手！」

向遠航是唯一一個選擇「NO」的人，米迦勒的死使他情緒失控，他高舉著拳頭，瘋了似的衝向尹暮生，其他人趕緊把他拉住，護妹心切的尹曉生更是毫不客氣地賞了他一拳。

「敢碰我妹一下，我就讓你立刻去見米迦勒！」尹曉生冷酷地說。

向遠航頹然坐倒，神情萎靡，宛如一下子老了十歲。

「選出新國王的時間到嘍，請大家進行投票～」

手機畫面出現一個大大的沙漏，示意他們必須在五分鐘內完成投票。

原本許多人都覺得當國王是一份美差，既可以命令其他人，又不用上場打仗，因此均是躍躍欲試，但目睹米迦勒的下場後，他們又一個個退縮了。

國王雖然君臨整個國家，不過同時也是由人民選出的，比起專制的君主，更像共和制的總統。國王掌控著眾人的生殺大權，而他自身的生殺大權也被眾人掌控著。

「若是投票給士兵以外的人，將會大大地降低我們的戰鬥力。」尹曉生開口提醒，「因此最好從士兵裡選人，假如有人想自薦也歡迎提出。」

大廳裡鴉雀無聲，當時間倒數來到最後一分鐘的時候，一名褐髮女孩站了出來。

「那個……若是大家不嫌棄的話，我願意擔任國王。」

「暮生！」尹曉生緊張地叫住妹妹。

「我答應大家，絕對不會下對大家不利的命令。」尹暮生毅然表示，「假如我犯了錯，我甘願接受革命的懲罰。」

「不！」尹曉生極力阻止她，「如果非要這樣，那就讓我來當國王吧！」

尹暮生搖搖頭，「哥哥，你剛才也說了，國王必須從士兵裡挑選，你是主教，我們不能失去你這個重要的戰力。」

尹曉生露出悔恨不已的表情，「可是——」

「時間不多了，請大家把票投給我吧！」尹暮生態度堅定。

投票結束，開票結果是除了向遠航以外的人都投了票，幾乎所有人都投給了尹暮生，她獲得了壓倒性的二十五票。

昨晚尹暮生奮力抗敵的姿態，人人有目共睹；戰爭結束後她無微不至地照料傷者，大家亦看在眼裡；方才她對米迦勒說的一番話，更證明了她是個擁有正確觀念的實幹者，眾人相信這樣的人能夠帶領他們敲開勝利之門。

在白之國全體成員的見證下，尹暮生被加冕爲新任國王，王冠標誌和「WHITE KING」的字樣取代了之前的圖案，清晰地烙印在她的右頰。

——白之國正式變天。

成爲白之國的新任國王後，尹暮生有兩件事需要決定，一件是「兌子」，一件是戰俘的處置。

「現在開放『兌子』功能！只要雙方國王同意，兩個國家可以交換任何一名棋子，階級不同的也可以唷～注意，每十二小時只能換一次喔～」

毛線娃娃再次戎裝登場，她的左手托著一顆黑色的城堡棋子，右手托著一顆白色的士兵棋子，頭上有兩個指著不同方向的箭頭，示意互相交換。

爲了應付將軍遊戲，韓品儒和宋櫻曾一起研究過西洋棋，知道兌子是戰術的一種，即是互相吃掉對方的一枚棋子，也叫做換棋。

韓品儒實在很想把隸屬紅之國的宋櫻換過來，這樣兩人就能身處同一陣營，避開拚個你死我活的命運。不過想把熟人換過來的不只他，其他人也紛紛提出要求。

「我有個很要好的朋友在D班，可以把他換過來嗎？」

「我女友在A班，我也希望她可以加入我們。」

「C班的班長是我死黨，他很聰明的，讓他過來吧！」

「我明白大家的心情，但是……兌子不是能輕易辦到的。」尹暮生露出抱歉的表情，「即使我想換，其他國家的國王也未必同意；就算他們同意，我們又該用誰去換呢？」

「兌子應該以國家的利益爲前提來進行，而不是個人的私心。」尹曉生跟著出言提醒，

「真要交換的話，我們必須先衡量當中的利弊，確定對大家都有好處才換。」

於是他們暫且將兌子的事放到一旁，進入下個議題——戰俘的處置。

一名茶髮男孩被五花大綁成了肉粽，被迫跪在祭壇前方。

他叫羅浮，是來自藍之國的士兵。昨晚紅藍聯軍撤退的時候，他由於腿部受傷無法一起逃走，結果不幸被丟下，淪爲白之國的俘虜。這段時間以來，他沒少受白之國眾人的折磨，全身傷痕累累。

「我們的事這傢伙知道得太多了，怎樣也不能讓他活著回去。」尹曉生冷酷地表示。

「不要殺我！」羅浮的眼神充滿了恐懼，「只要饒我一命，你們要我做什麼都可以！」

「這可是你自己說的。」尹曉生微微冷笑，「藍之國基地的位置、國王和其他高階棋子的名字、他們的戰略部署……把這些說出來，或許我們可以饒過你。」

「這個嘛……我們藍之國的基地是在……是在……那個……呃……」

尹曉生向高浚使了記眼色，高浚點點頭，「嚓」地拔出長劍。

「藍之國的基地在體育館！」羅浮嚇得一口氣說了出來。

「下次要立即回答。」尹曉生冷冷地說，「你們怎麼得知白之國的基地在教堂的？」

「這個我……我眞的不清楚。」羅浮囁嚅，「我只是聽從我們國王的指揮……」

「你們的國王是誰？」

「白……白修羅。」

白之國的人大都聽過這個名字，他是來自聖櫻高中的四名轉學生之一，多數人對他的評價都離不開「人妖」、「像蛇一樣」。

韓品儒在上一場遊戲裡算是跟白修羅交手過，他也覺得對方是個毒蛇般難纏的人，如果白修羅眞的是藍之國的國王，恐怕會相當棘手。

「提出跟紅之國結盟的是他，說要圍攻你們的也是他，我……只是奉命行事。」羅浮哭喪著臉，「你們行行好，放過我吧！」

接著尹曉生又問了羅浮一堆問題，等確定榨不出更多情報後，他才踢了羅浮的背脊一腳，「走吧，是時候去驗證你說的話有是眞是假了。」

接近天亮的時候，白之國眾人留守在基地，韓品儒、程朗和另一名男生則被分派了任務，負責把羅浮押回藍之國基地。

「那個……我不是有心告發你的啦，其實我也看米迦勒不順眼很久了，只是……」

程朗不斷爲自己之前打小報告的事陪笑和找藉口，韓品儒本已原諒了他，聽多了他的辯解又開始有點厭煩。

在前往藍之國基地的途中，韓品儒的目光不住四下搜索，當經過一棟大樓時，他瞄到牆角有串像是用血液寫成的英文字母——「ZVYYFRPUNZVYKLY」，於是立刻記了下來。

這串字母看似沒有任何意義，其實是韓品儒和宋櫻之間的暗號。他們約定過萬一無法彼此通訊，那就在牆角的不起眼處留下暗號。

只要把每個字母往前推七個，就會發現這串字母的眞正意思——「SORRY KING'S ORDER（對不起，國王的命令）」。

韓品儒明白了宋櫻想表達的意思，她是在爲先前攻擊白之國的事道歉，她的行爲並非出於本意，而是源於國王的命令。

他對宋櫻用血液留下暗號這件事很是在意，她應該是撐不到去找書寫工具才這樣做，此外她的字跡相當潦草，顯得有氣無力。

雖然擔心宋櫻的安危，但韓品儒此刻無法爲她做什麼，只能祈禱她在紅之國可以好好療傷。不過既然紅之國的國王是個會命令同學殺人的人，對待鎩羽而歸的下屬只怕不會多好。

羅浮以腿部受傷爲由，一路走走停停，韓品儒等人也拿他沒辦法。一行人好不容易抵達體育館入口，羅浮繼續拖拖拉拉，不肯馬上喊人開門。

「他們看到有其他國家的人在，打死都不會開門的。」羅浮說，「你們就在這裡放了我吧。」

韓品儒等人只好放開羅浮，退到遠處暗中觀察，然而過了好一會仍不見體育館有任何動靜，羅浮的臉色也變得越來越難看。

「奇怪了……他們不是說會在這邊進行埋伏嗎？」羅浮低吟，「難道……」

下一秒，羅浮突然拔足狂奔，飛也似的往藝術大樓的方向跑去。

「那混蛋！他的腿根本沒事！」程朗高叫。

韓品儒等人追了上去，而羅浮先是繞過藝術大樓，接著又穿過運動場，最終的目標是位於校園最南邊的校史館。

來到校史館，只見正門大大地敞開著，裡面隱約飄出了鐵鏽味。羅浮猶豫了一下，接著心一橫衝了進去，韓品儒等人緊隨其後。

校史館內放眼望去全是存放著各種文物的玻璃展櫃，以及一幅幅掛在牆上用相框裱起來的舊照片。這些東西見證著聖杏高中多年來的歷史，不過現在沒人有心情細看。

他們穿過由屏風型展板構築而成的通道，順著氣味奔往館內的演講廳，隨即被映入眼簾的景象嚇得呆住。

羅浮臉色慘白，雙唇不住哆嗦，「怎……怎會這樣……大家……」

地上躺著多具屍體，藍色的地毯被染成暗紅，慘不忍睹。

羅浮上前把一名膚色微棕的女孩緊緊擁入懷裡，那似乎是他心愛的人，他的眼裡滑下淚水，沾溼了女孩毫無生氣的臉龐。

「咦？藍之國發生內戰了？」程朗沒神經地大聲問，「怎麼所有人都死了？」

仔細看地上的屍體，他們的右頰均有著藍色烙印，而且全是高階棋子，沒有一位是士兵。此外，每個人手裡都拿著武器，從姿勢來看，他們竟然皆是自殺。

「他、他們恐怕是被人下了命令。」韓品儒低聲說，「如、如果連王后也被迫自盡，那下令的人就只會是……」

講臺旁邊有具「屍體」突然動了動，似乎掙扎著想爬起來。

羅浮認出那是一名來自二年A班——黑之國的男生，於是衝過去抓住對方的衣領。

「你這傢伙！是你把我們國家的人都殺死的嗎？」羅浮大聲咆哮，兩眼似要噴火。

被羅浮抓著的男生腹部有道極深的傷口，看樣子是活不久了。更讓人驚訝的是，他右頰的顴骨處竟然有著王冠和「BLUE KING」的烙印。

「這到底是怎麼回事？」羅浮目眥俱裂地質問那名男生，「給我說清楚啊混蛋！」

「看……看也知道吧？我……被當成棄子了……」那名男生上氣不接下氣地說，嘴角拉開一絲自嘲的笑容，「還……還有，拜託你不要抓我抓那麼緊……我可是你的國王耶……」

羅浮鬆開手，如果這名男生死了，他也會立刻因殉葬制度而死。

「我……我就給你解釋吧……反正我也活不下去了……」男生露出苦笑，「我原本是黑之國的騎士……但被我們的國王下令捅了一刀……誰叫我反對兌子呢……哈……之後他就把我和藍之國的國王交換了……」

「白修羅爲什麼要答應這種交易？」羅浮皺眉，「這對他有什麼好處？」

「我……怎會知道……總之……我們都被擺了一道……哈……」

聽他們的對話，韓品儒大致猜到發生什麼事了。

如果他的推斷正確，那就是身爲藍之國國王的白修羅出賣了自己的國家。

他先是命令所有藍之國的棋子自殺，再向黑之國的國王要求兌子，把自己和黑之國的騎士進行交換。看樣子他還把藍之國死後變成喪屍的士兵也帶走了，做得不可謂不徹底。

白修羅犧牲了整個藍之國、捨棄了國王的冠冕，挖空心思僅僅是爲了加入黑之國。除了因爲黑之國有李宥翔，韓品儒想不出其他讓他這麼做的原因。

羅浮整個人虛脫似的跪倒在地，他和眼前這名命不久矣的國王，已是藍之國最後的兩名棋子。

「剛才的事我們還沒跟你算。」程朗對羅浮說，「藍之國的基地明明在這裡，你爲什麼要騙我們在體育館？」

事已至此，羅浮也沒什麼好隱瞞的了。

「我是故意被你們俘虜的。」

羅浮的語調毫無起伏。

「這也是我們的國王……那個該死的白修羅的命令。那混蛋巧言令色，硬是唬得大家一愣一愣的，大家都對他言聽計從，我也是其中之一。他知道你們必定會向我這個俘虜拷問基地的事，於是讓我帶你們去假基地，再安排伏兵把你們一網打盡……原本的計畫是這樣的。」

藍之國的新任國王越來越虛弱，眼看快要斷氣了，雖然逼問一個將死之人有點不應該，韓品儒還是忍不住開口：「黑、黑之國的國王是誰？基地在哪？」

昨晚紅之國和藍之國苦戰許久仍無法攻下白之國，這位黑之國國王卻不費吹灰之力便將一個國家連根拔起，韓品儒實在對國王的身分很是好奇，雖然他心裡已經有數。

那名男生蠕動著蒼白的嘴唇，正要回答之際，忽然有股風壓橫掃而來，一眨眼他就身首分離，人頭落地。

韓品儒等人大驚，轉頭看向羅浮。

「總不能要我為他殉葬吧？」羅浮面無表情。

羅浮臉上的烙印從藍之國士兵變成了國王，很明顯的，他剛才發動了革命，他現在是藍之國的國王了。

但韓品儒他們也用不著對羅浮下殺手，因為藍之國的滅亡已成定局，失去所有國民的國家，早已國不成國。

韓品儒等人離開演講廳，沿著通道走向出口，當經過某幅懸掛在展廳中央的大型照片時，韓品儒不禁放慢了腳步。

程朗順著他的目光看去，「哦，那是聖杏高中的奠基禮照片，說起來這間學校也有八十年歷史了……你轉學到這裡才三個月左右，應該不太清楚這些吧？」

事實上，韓品儒和宋櫻早就調查過這間學校的事，先前也來過校史館好幾次，不過他不打算把這點告訴程朗。

那幅照片是黑白的，解析度本就不高，放大後畫質更顯粗糙。照片裡多名看似是權貴人士的男女站在稱爲「本館」的教學大樓前面，圍著一塊刻著「獻己會聖杏高中奠基」的石碑笑得燦爛，卻莫名有種陰森的感覺。

「獻己會是在一九〇〇年創辦的本土教會，發祥地爲京司市，之後逐步擴展到鄰近的市鎮，近年亦有向全國發展的趨勢。獻己會本著興教育人的精神，創辦了多間學校，聖杏高中就是其中之一。」

程朗忽然倒背如流地說起歷史。

「獻己會這個名稱出自《聖經》裡的經文——『將身體獻上，當作活祭，是聖潔的，是神所喜悅的，你們如此侍奉乃是理所當然的』，獻己會亦是以『獻己作活祭』作爲教會最高宗旨。」

韓品儒點點頭，「你、你似乎很熟悉這間學校的背景呢。」

「唉，之前我闖了禍被老師處罰，要我把整間校史館仔仔細細地打掃一遍，想不熟悉也難。」

想起那段慘痛的回憶，程朗露出了苦瓜臉，然後稍稍壓低聲音。

「偷偷跟你說喔……聽說獻己會其實沒有表面上那麼正派，有人說他們崇拜的不是神而是惡魔，也有人說他們在搞奇怪的獻祭儀式，根本就是邪教。這些事情是我從C班一個喜歡校園怪談的傢伙那裡聽來的，也不確定是眞是假。」

韓品儒含混地「嗯」了聲，「那、那個，我們還是快點回教堂把藍之國的事向大家報告吧。」

004 升變

從藍之國回來，韓品儒等人將發生的事源源本本地告訴大家，眾人聽了都相當震驚，同時對白修羅的行徑感到毛骨悚然。米迦勒或許不是好國王，但至少不會命令同學自殺。

打從昨晚的戰役後，白之國再也沒有被攻擊過。藍之國自然不用說，紅之國大概是元氣大傷所以暫時休兵，黑之國則是依舊神祕莫測。

雖然目前一切看似風平浪靜，不過他們都明白這僅僅是暴風雨前夕的寧靜，大戰隨時可能再次爆發。

此時，教堂裡突然響起手機鈴聲，但不是每個人的手機都在響，只有士兵才收到了訊息通知。

「各位士兵，這裡有個讓你們翻身的大好機會！只要參加『升變』並且獲得勝利，你就可以變成國王以外的任何棋子，如果想加入其他國家也可以喔！」

說著，原本打扮成士兵的毛線娃娃搖身一變，成了頭頂金冠的王后。

接著畫面顯示出「升變」的注意事項，例如每個國家只限八名士兵參加、參加者不准帶武器、國王和其他高階棋子的命令暫時對士兵無效等等。

「升變嗎？」韓品儒低喃，「對了，這好像是西洋棋的其中一項規則……」

在西洋棋裡，有一條規則是當士兵走到對手最底的橫行時，可選擇升變爲王后、城堡、騎士或是主教，在某些特殊的變體裡，甚至可以變成對手的棋子。

士兵是階級中的最底層，升變對他們來說是翻身的好機會，然而對韓品儒而言，最吸引他的不是能夠晉升為高階棋子，而是能夠加入其他國家。

宋櫻在紅之國，他十分希望可以和她會合，而且宋櫻說不定也會參加升變，如果他也參加，兩人便能再次碰面了。

「假如有重要的人在其他國家，那就參加吧。」尹暮生像是察覺到了韓品儒的心事，對他微微一笑，「雖然白之國少了品儒同學會很可惜，但是我能理解想跟重要的人團聚的心情。」

聞言，韓品儒反倒有點猶豫了。

尹暮生跟其他國王不同，相當尊重個人意願，要是他真的投奔了紅之國，之後就要和這個善良的女孩為敵了。

「嘿！我們都去參加吧，這可是個難得的機會耶！」同樣是士兵的程朗興奮地對韓品儒說，一副躍躍欲試的樣子，「總不能一直當個被人壓著的小兵吧？」

「雖然我無權干涉大家的決定，不過我希望大家在參加前先想清楚。」尹曉生出言提醒，「升變成功的話，固然能夠增加白之國的實力，可是參加升變將發生什麼事是未知數，說不定會有去無回，對自己的能力沒信心的人最好不要冒險。」

韓品儒思前想後，還是毅然點下了螢幕上的「YES」，最終，白之國有八名士兵參加升變。

白霧出現了又散去，一眨眼韓品儒等人便從教堂來到一間教室。這裡的布置跟一般教室大致相同，唯一特別的地方是沒有任何門窗。

除了白之國，教室內還有來自其他國家的男女。

藍之國由於只剩下國王羅浮一人，無人參加升變，黑之國、紅之國則和白之國一樣，均有八人參加。每個人的右眼下方自然都有士兵的烙印，只是顏色和文字並不相同。

來自同個國家的人聚集在一起，看向其他國家的人的眼神明顯帶著戒備，昨晚曾經開戰的白之國和紅之國更是如此。

「看，那個妃妃也來了！」程朗興奮地用手肘撞了下韓品儒。

「誰、誰是妃妃？」

「二年A班的蔡妃茵啊！」另一名叫柯子睿的白之國男生也說，明顯對韓品儒「有眼不識正妹」感到不滿，「她之前當過娛樂公司的練習生，我還有投票給她呢！」

「哇塞，連男領袖生和女領袖生也來了……這場升變眞夠熱鬧。」

無論來了什麼人，對韓品儒來說都一樣，他想見到的人只有一個。

一如他所料，宋櫻也參加了升變，他們在人群中找到了彼此。雖然只分開一天多，但經歷了許多事後，韓品儒竟有種恍如隔世的感覺。

宋櫻的樣子頗爲憔悴，除了因爲昨晚進攻白之國受了傷、消耗了不少精力，恐怕也跟她在紅之國遭受的待遇脫不了關係。

她身旁有兩個嬌小的女孩，一個留著娃娃頭，一個綁著兩根麻花辮。她們的眼睛都腫得跟核桃似的，一看就知道曾經哭得很厲害。

見韓品儒走過來，兩名女生發出小小的慘叫，在宋櫻身後縮成一團。韓品儒頓時有點尷尬且不知所措，他都不曉得自己的樣子有這麼嚇人。

「別害怕，他不是壞人。」宋櫻安撫她們，「我去跟他稍微聊一下。」

兩人走到教室一隅，韓品儒忍不住問道：「那兩個女生沒事吧？她們……看起來很不好。」

「她們不可能會好。」宋櫻眼裡浮現陰霾，「在她們身上發生的事，換作任何女生都不會好。」

「到底……發生了什麼事？」韓品儒小心翼翼地探詢。

「說來話長。」宋櫻嘆了口氣，「我先從結論說起吧。如果贏了這次升變，我絕對不會回去紅之國。其實不只是我，參加這次升變的紅之國士兵，尤其是女生，沒有人會想回去那個噁心國王統治的國家。」

聽到宋櫻強調「女生」，韓品儒漸漸不安起來。

「我看見了妳在牆角留下的暗號，紅之國的國王究竟……」

「如果拿鄭俊譽跟那人渣相比，鄭俊譽幾乎就像聖人一樣。」宋櫻冷哼一聲，「這樣說你大概也明白那人渣是怎樣的貨色了吧？」

鄭俊譽是他們以前在聖楓高中的同學，他在塔羅遊戲裡以「皇帝」自居，把其他同學當成奴隸一樣對待，韓品儒實在不敢想像比他惡劣的人會是什麼樣子。

「傅晷——這名字聽過吧？」宋櫻說，「他就是紅之國的國王。」

韓品儒確實聽過這個名字，聖杏高中的學生可能不知道學生會長是誰，但他們絕對不會不知道傅晷。

很多人都在背後叫傅晷「鬼傅」，甚至是「鬼父」，這個外號很大程度反映了他的爲人。傅晷雖然是高中生，卻挺著中年大叔般的肥肚子，長得一副猥瑣狡猾的模樣，常用色瞇瞇的目光盯著女生瞧，甚至曾因爲騷擾女生而被抓進警局。

這樣的人當上了國王，對紅之國的女生而言絕對是噩夢。

「難道他對妳……」

韓品儒不禁變了臉色。假使傅晷對宋櫻做出了不軌的行爲，哪怕要他拚了這條命，他也絕對不會放過傅晷。

「那混蛋喜歡的是楚楚可憐、很女孩子氣的女生，我剛好是最倒他胃口的那型。」宋櫻冷冷表示，「他沒對我怎樣，可是……你絕對不會想了解他對其他女生做了什麼事，雖然還沒到最後一步，但已經極度令人髮指。」

「你們試過發動革命嗎？」韓品儒問，「如果國王這麼不受歡迎的話，應該可以用革命推翻他吧？」

「紅之國大部分的男生也支持那混蛋，再加上有不少女生死在昨晚的攻城戰，我們沒有足夠的票數去推翻國王。」宋櫻搖搖頭，「在紅之國，男生就是女生的主人，他們嚴格地監控著全體女生，看上眼的恣意玩弄，看不上眼的就推上戰場送死，作爲既得利益者是不會想改變現狀的。」

「難怪昨天晚上進攻白之國的紅之國成員以女生居多，你們的國王實在太過分了。」韓品儒不禁為紅之國的女生叫屈。

「他命令我們全力攻打白之國，不能有半點留情，哪怕我們百般不情願也無法違抗。」宋櫻緊緊地蹙眉，「身體被控制真的是難以形容的噁心，好像自己變成一臺殺人機器似的，我打死也不想再經歷那樣的事了。」

韓品儒深知「命令」的可怕，白之國眾人正是由於米迦勒的命令而無法逃生，藍之國更是因白修羅的命令而慘遭滅國。在入侵白之國這件事上，宋櫻和其他紅之國女生都是受害者，實在怪不得她們。

「我明白了。」韓品儒點點頭，「難怪妳們會想參加升變，紅之國的確不是人待的地方。」

「這是我們逃離地獄的唯一方法，只要能夠離開紅之國，去哪裡都好。」宋櫻表示，「因為有你在，我自然是將白之國當成首選，不過經過了昨晚的事，恐怕我不會被接納……我想先了解一下各國的情況再做決定。」

「白之國之前發生了革命，前任國王死了，現任國王是個女生，她是個受人愛戴的好國王，妳可以放心過來。」韓品儒如實地說，「藍之國的話……不是三言兩語能講清楚的，總之跟亡國沒兩樣了。至於黑之國，雖然是目前最強大的國家，但是……」

「黑之國是李宥翔所在的國家吧？那邊會是怎樣的情況我大概能猜到。」宋櫻微微冷笑，「你似乎對白之國頗有歸屬感，希望這不會動搖到你執行『計畫』的決心。」

韓品儒沉默了一下，接著毅然道：「我的決心是不會被動搖的。」

教室內突然響起「噠、噠、噠」用粉筆寫字的聲音，打斷了韓品儒和宋櫻的悄悄話。眾人轉過頭去，只見一段文字在黑板上逐漸浮現。

歡迎各位士兵參加升變！接下來會爲大家分組，請用手機進行抽籤～

所有人立刻拿出手機，韓品儒和宋櫻也照做。

「抽籤……是要點這個吧？」

韓品儒點了一下出現在手機螢幕的按鈕，結果抽中了B組，宋櫻也一樣。能夠被分到相同的組別讓他們不禁小小慶幸，他們終於不用再敵對了。

第一道關卡正式開始，請各組前往相應的房間～

教室的四個角落忽然出現了四扇門，其中兩扇位於黑板兩旁，另外兩扇則是位於教室後方置物櫃的左右，每扇門上分別寫著A、B、C、D。

被分到B組的除了韓品儒和宋櫻，還有跟韓品儒同屬白之國的程朗和馬力馳、一名叫簡琳琳的紅之國女生，以及一名來自黑之國的男生，總共六人。

那名黑之國男生穿著大了好幾號的制服，好幾顆鈕扣都不見了，頭髮像剛睡醒般亂翹著，一副吊兒郎當的樣子。

「那個……我們要不要先自我介紹啊？」男生打著呵欠，睡眼惺忪地開口，「我叫沈雪松，請多多指教……嗯，就是這樣。」

「你、你好，我是韓品——」

「少廢話了，快點進去吧！我們絕對不能落後！」

馬力馳粗魯地打斷韓品儒的話，他身材矮壯，說話時語速極快、口沫橫飛，明顯是個急性子。

打開寫著B的門後，只見後面是一條陰暗狹窄的通道，寬度只夠一個人通過。

馬力馳一馬當先地衝進去，其他人一個接一個跟在後面，宋櫻是倒數第二個，韓品儒走在最後。

他們越往前走，天花板的高度便越低，漸漸地必須彎著腰才能前進。大約五分鐘後，當他們來到出口時，已經差不多是匍匐在地上的狀態。

出去後，眾人發現自己身處一個古色古香的西式房間，出口正是這個房間的壁爐，等韓品儒也進入房間後，壁爐隨即被封上。

周遭的陳設甚是華麗，讓人聯想到維多利亞時代背景的偵探電影。

「好厲害，好像福爾摩斯的辦公室啊！」程朗興奮地說。

房間中央擺放著一套外觀典雅的辦公桌和椅子，巨大的書櫃占據了整整一面牆，密密麻麻地放滿書籍。壁爐前方有張牛血色眞皮沙發，旁邊的茶几放著一套西洋棋，房間的角落還有一座老爺鐘。

六人的手機同時響起，將軍遊戲傳來通知訊息。

關卡一：密室逃脫

(1) 房間的氧氣濃度每五分鐘會下降1%。
(2) 當老爺鐘的時針指向十點整，氧氣濃度會即時降至5%以下。
(3) 只有三次輸入密碼的機會。

「氧氣濃度……這有點棘手啊。」沈雪松抓了抓他那頭亂糟糟的髮絲，「沒記錯的話，空氣中的氧氣濃度是在21%左右，低於18%就會出現缺氧症狀，低於5%的話……嗯，基本上是活不去了。」

此刻房間內的老爺鐘指向了九點五分，也就是他們距離死線還剩下五十五分鐘。

他們大致檢查了房間一遍，這裡唯一的出口只有一扇深胡桃色的木門，上面有個式樣古老的密碼機，總共有二十六個英文字母鍵，此外木門後方還隱隱傳出機械運轉中的聲音。

門上印有一行斑駁剝落的燙金字跡，程朗大聲唸了出來。

「Find the ROOK……這個ROOK是什麼意思啊？」

「那、那是指西洋棋裡的城堡。」韓品儒率先回答，「看、看來我們想離開密室的話，只有把城堡找出來。」

聞言，眾人均將視線投向了茶几上的西洋棋。

那是一套玻璃製的棋盤和棋子，從棋子分布的方式來看，這局棋已經下到了一半，黑棋的兩枚城堡仍在棋盤上，白棋的城堡則已被吃掉。

他們拿起棋子檢查，宋櫻提醒道：「棋子的擺放位置說不定也有用意，大家記一下，注意不要亂放。」

他們仔細檢查四枚城堡，並未發現任何特別之處，似乎只是普通的棋子。

「說起來，很多英文單字都不只一個意思，要不要找本字典查一下？」沈雪松懶洋洋地提議。

書櫃上書籍眾多，包括了一本磚頭似的字典。他們查詢字典，發現「ROOK」果然還有其他意思，除了解作西洋棋的城堡，也是一種烏鴉的名稱。

辦公桌上正好有個烏鴉造型的金屬紙鎮，檢視後只見底部刻著「WYSAGMLFABO」這行乍看像亂數排列的英文。

宋櫻嘗試用「位移」的方式來破解，但無論是把字母向前推或向後推都找不到答案。

「想太多也是白搭，這就是答案了吧？」馬力馳心急地開口，「快點輸入密碼機！」

「總覺得……有點微妙呢。」沈雪松摸著下巴，「我是認爲答案會是更有意義的文字啦。」

「是說，你們有沒有感覺頭有點痛？」程朗蹙起眉頭，「心跳也好像變快了。」

眾人看向老爺鐘，原來不知不覺間已經過了二十分鐘，空氣的氧氣濃度降到了18%以下，對人體的影響正在漸漸浮現。

「不要再囉嗦了！」馬力馳滿臉不耐煩，「不是有三次機會嗎？試一下也無妨吧！」

「等一下……」

在沈雪松有氣無力地阻止的同時，馬力馳已經衝向木門將那串英文輸入密碼機，數秒過後，密碼機傳出一聲象徵錯誤的電子音。

「哎啊，你也太衝動了……先看看這個吧，在字典裡夾著的。」

沈雪松把一張藏書票展示給眾人看，上面印著西洋棋「城堡」的圖案，還有一句格言。

「When you see a good move, look for a better one.」韓品儒喃喃唸出那句格言，「難、難道那串英文是這句話的縮寫？」

「『當你發現一步好棋，去尋找更好的』。」宋櫻冷笑，「居然把這句話刻在有可能被當成答案的物品上，未免太惡趣味了。」

浪費掉一次機會後，他們都有點洩氣，而隨著時間過去，缺氧所造成的影響越來越明顯，他們的臉色開始發白，並且感到頭痛噁心。

所有人繼續在房間裡翻箱倒櫃地尋找線索，過了一會，程朗像發現了新大陸似的高聲道：「你們看，這把古董匕首的刀柄刻著『b8』欸！」

「這、這邊的相框後面也寫著『h4』。」韓品儒拿著一個相框。

「這個茶壺的底部……印著『e1』呢。」沈雪松也優哉游哉地表示。

房間裡有相當多物品刻著文字，而且都是一個英文字母加上一個數字的組合。

「b8……h4……e1……」程朗緊皺眉頭，「這是代數嗎？我最討厭數學了。」

「不一定是代數，也可能是地圖或西洋棋的坐標。」宋櫻沉吟，「棋盤上的每一格都有相應的坐標，X軸是字母，Y軸是數字，從白方那邊算起。」

他們檢視棋盤上城堡的位置，分別是「c3」和「g9」，刻著這兩個坐標的物品是一對放在壁爐上方的金屬書擋。

「書擋的英文是Bookend……答案會是這個嗎？」沈雪松低吟。

因為之前失敗了一次，他們對於輸入答案都有點卻步，然而時間不容許他們遲疑下去，老爺鐘的時針正逐漸往十點靠攏，他們只剩下二十分鐘，氧氣濃度降到了13%。

「別管那麼多了！快點輸入吧！」馬力馳再度催促。

「如果是錯的你能負責嗎？」程朗質問他，「你已經害大家浪費掉一次機會了！」

「你說什麼？總得有人去試啊！」

「不要吵架啦。」沈雪松漫不經心地勸架，「情況已經夠糟了……」

眾人的心情都莫名煩燥，精神越來越難集中，不只是由於時間越來越緊迫，缺氧造成的影響也占了很大的因素。

「我、我去試吧！」韓品儒自告奮勇，「之、之前的答案是陷阱的話，這次說不定會是對的。」

嗶！

可惜的是，密碼機再度傳出象徵錯誤的聲音。

「對、對不起……」

韓品儒囁嚅著道歉，其他人雖然並未出聲責備，但投向他的目光均帶著一點「豬隊友」的意味。

「等一下，雖然我不是很懂英文，不過這個『ROOK』後面沒有S，即是單數吧？」程朗忽然開竅，「棋盤上的城堡有兩枚，書擋也是一對，很明顯不會是答案。」

「你剛才爲什麼不說？」馬力馳瞪他。

「我現在才想到不行嗎？」程朗不甘示弱地瞪回去。

距離十點整僅剩不到十五分鐘，氧氣濃度已下降至相當危險的地步，他們的眼皮開始沉重，意識也逐漸變得模糊。

「我受夠了！」馬力馳用力拍打自己的臉頰以保持清醒，之後衝向密碼機，「隨便輸入一個吧！乾脆把『ROOK』輸進去！」

程朗和沈雪松連忙合力拉住他。

「你想害死大家嗎？」

「衝動是魔鬼啊……」

那邊上演著鬧劇之際，宋櫻重新看了一遍手機裡的規則，忽然靈機一動。

「『當老爺鐘的時針指向十點整，氧氣濃度會即時降至5%以下。』」她喃喃唸出規則，「那麼……」

匡噹！

物品碎裂的聲響驀地傳來，眾人紛紛轉頭去看，只見老爺鐘的鐘盤被打破，玻璃碎了一地，指針也被砸壞，而行兇者正是手裡拿著烏鴉紙鎮的宋櫻。

「啊……這樣時針就永遠沒辦法指向十點整，氧氣濃度也不會再下降了。」沈雪松慢悠悠地說，「眞虧妳想得到啊。」

時限壓力一解除，暫時不會有生命危險後，眾人都變得鎮定了些，雖然仍有昏昏欲睡的感覺，不過能稍微靜下心來繼續思考謎題了。

他們把目前蒐集到的資訊重新整理了一遍，並且在房間裡繼續尋找線索，可惜沒有任何進展。

無計可施之際，一道柔弱的嗓音突然問：「門上的文字……眞的是『ROOK』嗎？」說話的人是留著娃娃頭的紅之國女生——簡琳琳。她之前一直沒有開口過，總是害怕著其他人似的躲在宋櫻背後，讓人幾乎忘記了她的存在。

他們再次觀察門上的文字，發現「R」的前面還有一個字母的痕跡，由於剝落得有點嚴重，所以看不太出來。

「那個字母……好像是『C』？」沈雪松說著，打了個大呵欠，「那……那麼應該是『Find the CROOK』嗎？」

原來他們的調查方向從一開始就是錯誤的，怪不得會屢次碰壁。他們再次查詢字典，得知「CROOK」這個名詞可解作彎曲的東西、手杖，還有騙子的意思。

書櫃旁正好有根作工精美的手杖，手杖頂部的裝飾可以打開，開啟後裡面彈出了一張寫著「Mary Shelley MDCCCXXVI」的紙條。

「Mary……Shelley……這名字有點眼熟，好像在哪裡看過？」程朗神情納悶，「後面那串字母又是啥？老是出現這些怪東西，麻煩死了……」

「那是《科學怪人》的作者瑪麗・雪萊吧。」沈雪松回答，「上英國文學課時不是提過她嗎？她寫過很多科幻小說，被譽爲科幻小說之母……沒記錯的話是這樣啦。」

「後面的字母應該是羅馬數字，換算一下……是一八二六年。」宋櫻也開口，「這個書櫃上也有她的書，先全部檢查一遍吧。」

他們將書櫃中瑪麗・雪萊的著作都拿了下來，一本一本檢查，結果發現這位作家在一八二六年出版了一部作品，書名是《The Last Man》，內容圍繞著二〇七三年瘟疫肆虐的未來世界。

此外，在這本書標示了出版年份的版權頁上，有個五乘五的方格，每個方格中都有一個英文字母，頁面的一角寫著「@」這個符號，似乎是某種提示。

g	i	r	d	e
h	u	m	e	r
t	s	a	m	e
l	t	n	a	t
y	b	e	e	n

「真是夠了……」程朗一副被打敗的樣子，「這關卡根本是欺負英文不好的人吧……」

「這個表格只是幌子吧？答案多半就是『The Last Man』了。」馬力馳再次毛毛躁躁地說，「別想那麼多了，快點輸入然後離開這個鬼地方吧！」

「拜託你閉嘴！」程朗吼他，「我們只剩下一次機會了，你少在那邊瞎嚷嚷！」

「你這——」

「只要稍微想一下就知道謎底是什麼了吧？」沈雪松不耐煩地打呵欠，「更何況還有『@』這個超明顯的提示。」

「嗯，第一個字母是『a』吧？」宋櫻附和。

程朗和馬力馳聽得一頭霧水，他們再看了一次表格，接著程朗「啊」的一聲叫了出來。

「那個『@』提示了閱讀字母的方向，由正中間的『a』開始逆時針閱讀！」

韓品儒依言把答案唸了出來：「『a name must be entered rightly』，這、這句話的意思是……『必須正確地輸入一個名字』？」

「如果結合『Find the CROOK』去想，那就是要輸入『騙子』的名字。」宋櫻沉吟，「難道說……這裡有誰欺騙了大家？」

她這麼一問，眾人心裡皆是一凜，緊張的氣氛瞬間充斥了整個房間。

「如果我們當中眞的有騙子，那他的目標恐怕只有一個——阻止我們通關。」沈雪松用慵懶的口吻說，「這裡有誰千方百計想阻撓大家通關嗎？」

聞言，他們開始回想進入這個房間後各人的一舉一動，試圖從中尋找蛛絲馬跡。

「你就是騙子吧？」突然，程朗指著馬力馳的鼻子，「老是那麼橫衝直撞，動不動就要輸入密碼，分明是想讓大家送死！」

「開什麼玩笑！」馬力馳暴跳如雷，「你這個光說不練的傢伙，憑什麼說我是騙子？我看你才是嫌疑最大的！」

「這麼說來，這位韓同學也很有可能是騙子，第二次機會就是他浪費掉的。」沈雪松表示，「簡琳琳始終鬼鬼祟祟的，還有長髮不良女……呃不好意思，我不知道妳的名字，妳有點太機靈了，感覺也很可疑。」

每個人都成為被懷疑的對象，但由於沒有眞憑實據，所以也證明不了什麼。

「我、我們當中真的有騙子嗎？」韓品儒苦惱地問，「還、還是再找找看其他彎曲的東西？」

宋櫻看了看那本瑪麗・雪萊所寫的《The Last Man》，思索著關卡開始以來發生過的所有事，再望望門上的「Find the CROOK」，驀地領悟了什麼。

她轉頭盯著某個人，「你……就是騙子吧？」

把騙子的姓名拼音輸入密碼機後，那名混入B組當中的騙子便化成光粒子消失，密室大門亦在同一時間打開。

出現在門後的是一幅嚇人的景象，在灰色的水泥房裡，一名少年被禁錮在一個類似診療椅的裝置上，全身動彈不得，嘴巴還塞著口枷。

更可怕的是，一臺高速運轉著的圓形電鋸正在逼近他的脖子，只差幾公分就會碰到。

少年拚命用眼神向他們求救，宋櫻趕緊按下停止鈕，把那名少年——韓品儒——從死亡的邊緣拉回來。

「你、你們怎會猜中我就是騙子？」韓品儒心有餘悸地問。

「進入密室時，你走在最後一個，剛好符合了《The Last Man》這個提示，而且Man也指明了男性的身分。」宋櫻說明，「還有，一開始把大家的思考引導到錯誤方向的人正是你，中間你又浪費掉一次機會，所以我就猜那個騙子是你了。」

「剛、剛才走在通道的時候，我突然失去意識，醒來後就在這裡了，還被綁到了這個奇怪的裝置上面。」

韓品儒苦著臉解釋。

「我、我知道你們就在門的另一側，你們的對話我都聽得很清楚，可是我沒辦法出聲求救，而且全身被綁得死死的，弄不出半點聲音來。那、那個圓鋸隨著時間過去會越靠越近，要是你們一直解不開謎題，我的脖子就……」

某處冷不防傳來轟隆隆的聲響，水泥房的其中一面牆像吊閘般緩緩向上升起，出現了一條通道。

他們魚貫進入，通道盡頭正是他們先前集合的教室。他們並非第一個通關的組別，A組比他們更早回來，至於C組和D組則仍然缺席。

過了一會，寫著「C」的大門打開，走出了一名黑之國的男生和一名紅之國的女生。

那名男生叫做楊獨秀，他身材高大、五官英挺，充滿陽光氣息，很像那種會被選為領袖生的人，而他的襟前也確實別著象徵著男領袖生的徽章。

A組某位留著及肩黑髮的女生對他點頭致意，她戴著一副半框眼鏡，外表給人精明幹練的印象，襟前別著女領袖生徽章，楊獨秀也朝她頷首微笑。

至於那名紅之國女生是簡琳琳的好友，她叫郭琉璃，在分組之前始終和簡琳琳黏在一起，一副怕男生怕得要死的樣子。

「琉璃。」

簡琳琳喚了好友一聲，郭琉璃卻沒有回話。她臉色蒼白、目光呆滯，彷彿受到了嚴重的驚嚇。

「怎麼只有你們回來？C組其他人呢？」程朗問楊獨秀。

楊獨秀先是默然不語，而後用沉痛的語氣回答：「他們……全都死了。」

「欸？」

「我們花了很長的時間都沒辦法解開謎題，大家不幸地紛紛倒下。我明明是男領袖生，卻無法好好領導同學……我實在是愧對他們。」

楊獨秀低聲說，雙手緊緊地捏成拳頭，指關節泛成白色，語氣充滿了自責和不甘。

「大概是因爲體質的關係，我比大家撐得更久，好不容易在最後關頭找到了開門的密碼。開門後我就看到這位被綁在裝置上的女同學，要是再晚一點，她恐怕已經……這都是我的錯。」

見楊獨秀如此內疚，眾人紛紛安慰他，表示其他人死掉不是他的責任。

之後大家等了又等，但D組仍然沒有半個人回來。

「到現在還沒回來的話，應該是團滅了？」程朗說出了所有人不願道破的事實。

下一秒，黑板的方向再度傳來「噠、噠、噠」的聲音，白色字跡逐漸浮現。

關卡二：西洋暗棋

⑴遊戲總共三局，每局六個回合。

⑵每局遊戲裡，每組均會獲得六枚棋子（國王、王后、城堡、主教、騎士、士兵各

一），每回合必須出一枚棋子比大小。

(3) 棋子大小順序如下：國王＞王后＞城堡＞主教＞騎士＞士兵，士兵可贏國王。

(4) 出棋前，必須先「預告」會出的棋，既可如實奉告，亦可弄虛作假。

(5) 出棋後，棋子大於另外一組可獲得一分，大於另外兩組可獲得兩分；棋子相同則平手，不會獲得分數。如使用士兵獲勝，可獲得十分，如用士兵同時勝過另外兩組，可獲得二十分。

(6) 不可對其他組使用暴力或偷窺其他組出棋，否則倒扣二十分。

(7) 獲得最多分數的組別即爲勝利，獲勝的組別可前往最後一關，落敗的組別須前往懲罰關卡。

各組花了點時間仔細閱讀規則，然後交頭接耳地討論起來。

「這遊戲也太講求運氣了，比大小基本上沒有策略可言嘛。」

「最合乎效益的做法就是用剛好高一級的棋子贏過對方吧？但前提是要知道對方會出什麼棋。」

「看來士兵是遊戲的關鍵，只要用士兵贏一次就能妥妥地獲得十分。」

「懲罰關卡……好像會很可怕，我們絕對不能輸啊。」

過了一會，黑板上再次浮現字跡，那是「熱身賽」三個字。

教室裡的桌椅突然全數消失，取而代之的是三臺大型機器，呈「品」字形擺放。這些機器的外觀跟遊樂場的懷舊彈珠臺頗爲相似，上面分別標示了A、B、C三個英文字母。

三組人走到各自的機器前面，接著機器開始運作，一只長方形的盒子被緩緩送至出口處。

打開盒子，只見裡面有六枚嵌在絲絨布裡的玻璃棋子，A組是黑色的，B組是透明的，C組則是紅色的。

他們拿起棋子檢查，發現跟方才在密室看見的棋子一樣，無論外型、材質還是手感都沒有分別。

各組拿到棋子後，熱身賽隨即展開。A組和B組有六人，爲了公平起見，他們決定輪流出棋。C組的楊獨秀跟郭琉璃商量了一下，決定由楊獨秀全權負責出棋。

預告、出棋、開棋、計分……熱身賽流暢地進行著，各組漸漸掌握了遊戲的流程。熱身賽的結果是A組大獲全勝，雖然結果不會計入正式比賽。

在比賽眞正開始前，A組那名戴著女領袖生徽章的女生召集了大家。

「大家都知道我是誰吧？我是Head girl顧蓁蓁。」那名女生自負地說，「我想到了一個讓大家都能通關的方法，那就是接下來的每個回合我們都出相同的棋子，這樣就可以達成平局了。」

「聽起來是不錯啦。」沈雪松仍是一貫悠閒的口吻，「可是……要怎麼確保每組都會出相同的棋?萬一有人背叛就完蛋了。」

「很簡單，只要把棋子exchange就好了。」顧蓁蓁露出得意的表情，「我們首先定好出棋的順序，之後在每個回合開始前，把該回合要出的棋子跟其他組交換，這樣就可以確保大家會出相同的棋子。」

換句話說，假如A組將黑色棋子交給B組，B組將透明棋子交給C組，C組則將紅色棋子交給A組，如此一來，每組的棋子都被其他組挾持著，即使想背叛也會有所顧忌。

「我明白了，這確實是個好方法，最重要的是大家都能通關。」楊獨秀對顧蓁蓁淺淺一笑，「眞不愧是妳想出來的。」

顧蓁蓁臉頰微微泛紅，不自然地輕咳了一聲。

A組和C組都表示贊成，B組也沒有反對的理由，於是他們便決定實行這個計畫。

爲了確保將棋子交給其他組來出行得通，各組首先交換了主教，再輪流出棋，結果證實了這個方法可行。以B組爲例，他們出的是A組的黑色棋子，而在這個情況下，即使A組的棋子是由B組代出，也並未被系統警告違反規則。

他們按照這個方法玩下去，在每個回合開始前都互相交換一枚棋子，預告時隨意預告，出棋時則老實地出交換了的棋。

來到最後的回合——第六回合的時候，三組的分數皆是零分，分數的平衡維持得十分完美。

在這個回合，B組負責出棋的人是馬力馳，完成預告後，他迫不及待地把黑色士兵放進機器，機器隨即傳出叮咚的確定音。

之後A組的機器也傳出另一聲叮咚，表示他們也完成了出棋。

「第一道關卡那麼難搞，我還以爲這次只會更難，現在看來沒什麼大不了嘛。」程朗鬆了口氣。

現在只剩下C組，只要楊獨秀也把棋子出掉，第一輪賽局就會在完全平手的情況下結束。

所有人都看著楊獨秀，由於被機器遮擋了視線，他們無法清楚看見他的動作，不過如無意外，他應該是拿起了B組的棋子準備放進機器裡——

喀啦！

傳入耳膜的並非確定出棋的叮咚聲，而是玻璃碎掉的聲音。

這道脆響粉碎了眾人的預測，只見那枚屬於B組的士兵被楊獨秀用力擲到教室的地上，碎成了好幾塊。

眾人先是錯愕，接著才意識到事態不妙，馬力馳向來動手比動腦還快，立刻掄起拳頭衝向楊獨秀。

「你瘋了嗎？居然把我們組的棋子弄碎？」

B組其他人見狀趕緊拉住馬力馳，向來慢半拍的沈雪松則快步走過去撿起棋子的碎片。可惜棋子碎得很厲害，已經無法拼回原狀，況且出棋時間也過了。

馬力馳不斷掙扎，「快放開我！我要揍死那混蛋！」

韓品儒緊緊拉著他，「使、使用暴力會倒扣二十分，不要衝動啊！」

第六回合的結果是A組和C組出了士兵，贏過B組的「棄權」。A組和C組使用士兵獲勝，皆可獲得十分，B組則是零分。

黑板上顯示出第一輪賽局三組的得分，這輪賽局就在B組成爲唯一輸家的情況下結束了，B組眾人均對楊獨秀怒目而視，卻不敢有所行動。

「這跟我們之前說好的plan不一樣吧？你這是什麼意思？」顧蓁蓁質問楊獨秀。

「在生存遊戲裡，爾虞我詐是常識吧？我只是先下手爲強而已。」

楊獨秀用冷酷的表情說出這番話，跟之前那個陽光男孩簡直判若兩人。

「先下手為強……」A組一名男生的臉色突然蒼白起來，「C組的其他人該不會是被你……」

「等一下，你外套上的汙漬是什麼？那是血嗎？」另一名女生也發現了不對勁，開口質問楊獨秀。

「我還在想你們什麼時候會發現呢。」

楊獨秀的嘴角揚起嘲弄的弧度。

「他們的腦子還算好使，勉強在時針快要指向十點前把密碼破解，不過他們未免太鬆懈了，以為開了門就萬事大吉，有夠蠢的。我第一個離開密室，出去後就把門從外面反鎖，不讓他們離開，結果他們在裡面熬不了多久就掛了。」

其他人聽後無不露出駭然的表情。

「反正他們沒有一個是黑之國的人，其他國家的人當然是死得越多越好。」楊獨秀殘忍地表示。

「升變結束後，大家可以選擇留在自己的國家或加入其他國家，他們說不準會加入黑之國，你可能殺死了好幾個潛在的同伴。」沈雪松搖搖頭。

「即使是這樣也無所謂，我寧願減少一個潛在的同伴，也不要增加一個潛在的敵人。」楊獨秀毫不在乎，「你們該不會忘了『他』說過的話吧？」

聞言，黑之國的人都稍稍變了臉色，就連一向淡定的沈雪松也不甚自在地抓抓頭。

「明明只要我一個人參加升變就夠了，其他人來了也只有當砲灰的份，眞不曉得他在想什麼……但藍之國的覆滅是他一手策劃的，既然他用實力說了話，我就姑且聽從他一下吧。」

楊獨秀以冰錐般尖銳的目光盯著黑之國的其他人。

「先說好了，要是你們膽敢阻撓我，即使是同一國的我也絕不放過。」

顧蓁蓁詢問C組的另一名倖存者郭琉璃：「你們組的其他member……真的都被他殺了？」

郭琉璃畏懼地瞥了楊獨秀一眼，淚水在眼眶打轉，這樣的表情已是道盡了一切。

「我原本想乾脆讓這個女的也去死，不過最後還是按下停止鈕救了她。」楊獨秀冷淡地說，「雖然是個廢物，留著說不定也會有用處，反正我想什麼時候殺她都可以。」

「你不是Head boy嗎？怎麼可以做出這樣的事？」顧蓁蓁氣憤地質問。

「這種時候還在提這些過家家一樣的頭銜，妳是念書念到頭殼壞掉了嗎？」楊獨秀極盡嘲諷地挖苦，「要跟老師打報告就儘管去吧，前提是兩天後妳還活著。」

第一輪賽局結束後，接下來是五分鐘的中場休息時間，A組和B組走到教室的一角召開作戰會議。

「等關卡結束後，我一定要揍死楊獨秀那混蛋！」馬力馳氣得牙癢癢的。

「比起這個，我們應該先想辦法把分數追回來吧。」程朗沒好氣地說，「我們B組落後了整整十分耶。」

「放心，我已經想到打敗那傢伙的strategy了。」顧蓁蓁沉聲道。

「咦？怎麼說？」程朗問。

「我跟楊獨秀從國中就認識了，彼此算是熟稔，我知道他在說謊時會有個小習慣。」顧蓁蓁說明，「剛才我注意到，當他的『預告』是fake的時候，他都做出了某個動作，在熱身賽和第一輪賽局都是這樣。」

「他有嗎？」程朗滿臉疑惑。

「那個肯定就是win condition，只要抓緊這一點，集中狙擊國王和士兵，我們肯定能贏那傢伙。」顧蓁蓁咬牙切齒，「他實在太讓我失望了，身為Head boy居然做出這樣的事……絕對不能原諒！」

休息過後，第二輪賽局隨即展開。

黑板再度傳來粉筆寫字聲，禁止事項追加了兩項——不准交換和破壞棋子，這大概是為了不讓第一輪賽局的亂象再次發生而加上去的。

A、B、C三組的成員分別站到機器前方，機器的出口處再次出現一只裝了六枚玻璃棋子的盒子。

跟第一輪賽局融洽的氣氛相反，這輪賽局的競爭意識濃厚許多，這都是拜楊獨秀所賜。第一回合正式開始，三組在出棋之前先進行「預告」，眾人都下意識地把目光集中到楊獨秀身上。

楊獨秀選擇的是王后，接著他做出了某個動作，而根據顧蓁蓁之前的分析，這表示他正在作假，接下來絕對不會出王后。

第一回合的結果出爐，只見楊獨秀並沒有出王后，而是出了城堡——這證明了顧蓁蓁是對的。

第二回合也是相同的狀況，楊獨秀在預告時做了某個小動作，正式出棋時便出了跟預告不同的棋，再次證實了顧蓁蓁的認知無誤。

來到第三回合，A組由顧蓁蓁上陣，B組是沈雪松，C組仍是楊獨秀。

楊獨秀在預告時選擇了國王，這次他沒有任何動靜，這表示他不會作假，接下來會如實地出國王。

要打敗國王必須使用士兵，於是顧蓁蓁當機立斷地把士兵放進機器裡。

當三組都出完棋後，接下來就是開棋的時間。

A組出的是士兵，B組出的是主教，C組出的卻不是國王，而是……騎士。

意料之外的結果讓顧蓁蓁瞪大了鏡片後方的眼睛。

「你……爲什麼會出Knight……」

「我才想問妳爲什麼會出士兵呢。」楊獨秀說，「應該是覺得我會出國王吧？爲什麼會這麼認定呢？難道是因爲……」

楊獨秀冷笑著「啪」一聲掰響了中指的關節。

「……這個？」

顧蓁蓁的臉色一瞬間漲紅起來。

「沒錯，我在心虛時確實會下意識地掰指關節，但這並非無法控制的。」楊獨秀淡淡說，「其實說到作假時的小動作，你們也有不少啊。顧蓁蓁的眼神會游移、柯子睿的嘴巴會微微抿著、馬力馳的身體會稍稍往前傾……至於那邊姓韓的轉學生，則是會增加眨眼睛的次數呢。」

被楊獨秀點名的人都不禁一凜，就連他們本人也不清楚自己說謊時會有這些舉動。

由於自作聰明，害A組失去了重要的士兵，唯一能夠擊敗國王的棋子就這樣白白浪費掉——這個事實令向來自信的顧蓁蓁深受打擊，只見她面如死灰，整個人像洩了氣的皮球般一蹶不振。

到了第四回合，A組負責出棋的人因爲楊獨秀剛才那番話，刻意壓抑著自己的習慣性動作，反而露出了更多破綻。結果A組出的國王被C組用士兵輾壓，分數的差距越拉越大。

第五回合負責出棋的是韓品儒，一想到自己無意中的舉動可能會害B組失去分數，他便感到壓力沉重。他嘗試讓自己不要眨眼睛，然而堅持不到二十秒雙眼就痠澀不已。

察覺到他的忐忑，宋櫻低聲對他說：「不要在意那傢伙的話，他只是在信口開河，試圖干擾我們的思考。」

「他說的……不是眞的嗎？」韓品儒驚訝地問。

「你說謊時根本不會增加眨眼次數，勉強要說的話，是耳朵會變紅，不過也不一定。」

「欸？是這樣嗎？」

「相信我吧。」宋櫻微微冷笑，「難道你認爲那傢伙對你的認識會比我更深？」

韓品儒想想也認爲有理，緊繃的肩膀頓時稍微放鬆了。

「這輪賽局只剩下最後兩個回合了，再不把分數追回來我們會很危險。」韓品儒說，「如果可以得知C組會在什麼時候出國王就好了……」

「雖然我們無法預知國王會在什麼時候出，不過……」

宋櫻在韓品儒耳邊低聲說出她的策略。

第五回合正式開始。A組負責出棋的是叫柯子睿的白之國男生，B組是韓品儒，C組依舊是楊獨秀。

完成「預告」後，接下來便是出棋。爲免洩露出棋的訊息，各組出棋時往往會躲在機器後方，小心地避開來自其他組的視線，然而韓品儒卻做出了違反常理的行爲。

他先是把B組目前餘下的兩枚棋子——城堡和士兵放在機器上方，讓A組和C組都能一覽無遺，接著將城堡拿下來放入機器裡。下一秒，機器傳出叮咚的聲音，表示完成了出棋。

韓品儒這一連串的動作，等同於拿著大聲公告訴其他組他出的是城堡，完全是自殺式的行爲。

柯子睿雖然是A組，不過他也來自白之國，看到韓品儒這樣便忍不住提醒：「贏得一分是一分，不要自暴自棄啊！」

「只、只是贏一兩分的話，到頭來還是會輸，還不如快點做個了斷吧。」韓品儒搖搖頭。

楊獨秀比柯子睿來得審慎，他不認爲韓品儒是自暴自棄，但是也不清楚對方在搞什麼花樣。

C組現在剩下國王和主教，如何在避開B組的士兵的情況下出掉國王是最大的關鍵，而現在正是天賜良機。

楊獨秀雖然心裡存疑，可B組的士兵就那樣大剌剌地放在機器上方任人觀看，加上剛才機器已傳出確定出棋的音效，B組這個回合出城堡已是板上釘釘的事實。

故弄玄虛，誘使敵人過度思考，楊獨秀認爲這就是韓品儒在打的如意算盤，於是他決定不作他想，果斷地把國王放進機器裡。

出棋的時間總共是九十秒，當來到最後五秒時，韓品儒突然伸手拿下擺在機器上方的士兵，接著B組的機器又傳出一聲叮咚。

眾人見狀都是一愣——他剛才不是已經出棋了嗎？怎麼又出了？

第五回合的結果揭曉，只見A組出了騎士，獲得一分；C組出了國王，也獲得一分；至於引起眾人疑竇的B組則出了士兵，獲得十分。

「你剛才不是出了城堡？」柯子睿不解地問韓品儒，「這個遊戲在出棋後是不能悔棋的吧？怎麼最後變成士兵了？」

楊獨秀也在思考韓品儒究竟使用了何種手段，他很確定韓品儒出了城堡，機器也發出了「叮咚」的聲音——

想到這裡，他突然醒悟過來。

「那聲『叮咚』……不是機器發出的吧？」楊獨秀質問，「你們是利用手機錄音後再播放出來……是這樣嗎？」

「沒錯。」宋櫻淡淡地說，「那聲『叮咚』是我用手機預錄的，之後在第一次出棋時播放，讓你以爲眞的出了棋。其實第一次出城堡時，棋子並沒有放進機器裡，第二次出士兵時才是眞的。」

「原來是這樣。」楊獨秀咧嘴一笑，眼裡卻毫無笑意，「我原本還擔心會贏得很無聊，看來是不會了。」

第二輪賽局的最終結果是A組獲得五分，B組獲得十六分，C組獲得十四分，也就是B組勝出。

如果把第一輪賽局的成績一併計算，則是C組以二十四分領先，B組十六分排第二，A組十五分敬陪末座。

決勝負的賽局——最後的第三輪賽局即將展開。

♚ ♛ ♜ ♝ ♞ ♟

叮咚、叮咚、叮咚……

緊張且壓抑的氣氛充滿了整間教室，場面一片寂靜，只有偶爾響起的確定出棋聲。

由於剛才B組利用機器的確定音故弄玄虛，爲此系統再次新增了一項規則：每次出棋後，黑板上都會浮現「確認出棋」的文字，杜絕故技重施的可能。

A組因爲作爲首領的顧蓁蓁失去了戰意，早已淪爲一盤散沙，他們在頭兩個回合就出掉了關鍵的國王和士兵，接下來只有任人魚肉的分，無法對其他兩組構成威脅。

到了第三回合，A組負責出棋的是顧蓁蓁，B組是程朗，C組是楊獨秀。

此刻A組剩下的棋子是王后、城堡、主教和騎士，B組是國王、王后、主教和士兵，C組則是國王、王后、城堡和士兵。

三人按照流程進行「預告」，之後進入最重要的出棋時間。

顧蓁蓁機械式地把棋子放進機器，接下來便面無表情地盯著半空中。站在她身後的A組眾人亦是心灰意懶，他們已經有了落敗的覺悟，準備前往懲罰關卡了。

B組雖然也處於劣勢，不過跟A組相反，他們還沒有放棄，並且正準備著再次出招。

程朗做了跟韓品儒在上一輪賽局做過的一樣的事——他把四枚棋子並排放在機器上方，讓A組和C組的人都能清楚看見。

接著，他將王后拿下來放入機器，機器傳出叮咚一聲之餘，黑板上亦浮現了「確認出棋」這四個字。

經過這些步驟，B組這次是絕對不可能僞裝出棋的。

既然B組出了王后，如果C組想令利益最大化便應該出國王，但如果B組出的其實是士兵，那就萬事休矣。

由於之前吃過一次虧，這次楊獨秀無法不格外小心，他需要有額外的資訊幫助他做出決定。

楊獨秀的目光在B組眾人臉上掃來掃去，最終鎖定了目標。

「我記得你有個弟弟，年紀小小卻患有罕見疾病，如果不在今年內動手術就會有生命危險。」楊獨秀對馬力馳說，「我說的沒錯吧？」

馬力馳的表情瞬間變得僵硬，「你提這個幹麼？」

「因爲我想幫你啊。」楊獨秀微微一笑，「你大概不知道，你弟看診的醫院其實是我舅舅開的。聽說你家的經濟條件很糟糕，連那丁點的手術費都付不出來，你弟還眞可憐哪。」

馬力馳狠狠地瞪著楊獨秀，像是要在他身上瞪出兩個洞來，B組其他人都十分緊張，做好了隨時拉住他的準備。

「你這混蛋到底想說什麼？」馬力馳朝楊獨秀怒吼。

「別心急，我這就要說呢。」楊獨秀不慌不忙地繼續，「只要你把B組出的棋如實告訴我，我就會讓舅舅免費幫你弟動手術。」

馬力馳呆了呆，「免費……幫我弟動手術？」

「只要說句話就能換回一個健康活潑的弟弟，很划算吧？相反的，如果你拒絕的話，我會叫舅舅把你弟列入永久拒收名單。」楊獨秀威脅，「好好想清楚吧，畢竟放眼全世界，會做這種手術的醫院一隻手數得出來，更別說是免費了。」

拿至親的性命來要脅，雖然是卑鄙的手段，卻可謂百試百靈，馬力馳頓時露出了掙扎不已的表情。

「不要上當！」程朗趕緊勸說馬力馳，「那傢伙只是想套你的話，即使你把我們出的棋跟他說了，他也不一定會兌現承諾。」

「沒錯，而且那傢伙兩天後是不是還活著也是個問題。」宋櫻也冷冷表示。

「究竟是弟弟的性命重要，還是B組的分數重要，眞的有那麼難選嗎？那可是你弟耶，如果他動不了手術，那就是你這個哥哥害的。眼睜睜看著弟弟送死，有這樣當哥哥的嗎？」

楊獨秀自知無法使人相信他會遵守諾言，於是刻意不針對這點辯解，集中火力以親情綁架馬力馳。

馬力馳一臉苦惱，明顯正在天人交戰。其他人身爲局外人，自然能夠客觀地分析局面，然而作爲疼愛弟弟的哥哥，要馬力馳理性地判斷是異常困難。

最終他轉過身來，向B組其他人道歉。

「對不起……我只有這麼一個弟弟，我不能放過任何能夠救他的機會。」馬力馳低著頭，「我……我知道自己老是替大家添麻煩，但我發誓這是最後一次了。」

「不要道歉啊！拒絕那混蛋就好！」程朗怒道。

「如果你說話不算話，我絕對不會放過你，你要做好被我幹掉的覺悟！」馬力馳惡狠狠地對楊獨秀說。

「這件事對我來說只是小事一樁，我不會食言的，你大可以放心。」楊獨秀承諾，「所以，你們這個回合出的棋眞的是王后嗎？還是像上次一樣在打別的主意？」

馬力馳不敢看B組的其他人，低聲說：「我們出的是……士兵。」

「可是你們的士兵不是還在？」

楊獨秀指了指那枚放在B組機器上方的透明玻璃棋子。

「那不是這個關卡的棋子，而是……」馬力馳吸了口氣，「宋櫻在第一關的密室偷拿的替代品。」

「原來是這樣。」楊獨秀馬上理解過來，「說起來，密室裡確實有一套玻璃製的棋子，跟我們現在使用的棋子一模一樣，該說你們是有備無患還是洞察先機呢……所以你們假裝出了王后，目的是引誘我出國王，我差點就中計了啊。」

在出棋時間結束前五秒，楊獨秀把棋子放進機器，機器傳出叮咚一聲。

待第四回合結果出爐，黑板上顯示A組出的是主教，B組和C組卻分別是王后和城堡。看到這樣的結果，B組好幾個人和楊獨秀都露出帶點驚訝，同時又帶點恍然大悟的表情。

「欸？我們出的不是士兵嗎？」馬力馳顯得相當吃驚，轉頭看著B組的同伴。

「你們果然是連馬力馳也騙了。」楊獨秀微微冷笑，「你們會這樣做也難怪，誰叫他是個笨蛋呢。」

「事情到底是怎樣？」馬力馳著急地問。

「那、那個……其實宋櫻並沒有從密室裡拿任何棋子，那枚士兵是在這個關卡裡使用的、貨眞價實的棋子。」

韓品儒向馬力馳解釋。

「我、我們猜到楊獨秀會起疑心，於是預先套好要用這招來混淆他……然、然後我們知道你不擅長說謊，所以把你也騙了。」

「B組就我一個人被蒙在鼓裡？」馬力馳不敢置信。

「是、是的，對不起……」

「我差點就要相信馬力馳了。」楊獨秀冷冷地說，「從密室裡拿到棋子然後正好派上用場什麼的，這種理由太牽強了。我們在密室時還不曉得第二道關卡的內容，怎可能有這種先見之明？說是巧合也巧合過了頭。」

「如果你肯定我們出的是王后，那你爲什麼不出國王？」宋櫻淡淡問，「其實你心裡也不是百分之百確定吧。」

「沒錯，萬一你們出的其實是士兵，那麼出國王的我就完蛋了。已經來到最後一輪，在這種時候冒險未免太蠢。」

「那麼……你開醫院的舅舅不會免費幫我弟動手術了？」馬力馳臉色蒼白地問楊獨秀，「求求你好心點……我只有這麼一個弟弟……」

「我媽是獨生女，哪來開醫院的舅舅？」楊獨秀發出輕蔑的嗤笑，「我只是剛好聽過你的事，加油添醋亂說一通而已，你這智障！」

馬力馳聞言怒不可遏，差點又要衝過去把拳頭揮到楊獨秀臉上，不過還是努力忍了下來，貫徹他不會再給B組添麻煩的承諾。

這麼一輪心理戰下來，結果誰也沒有占到上風，第四回合——眞正一決高下的時刻即將來臨。

來到這個回合，A組的棋子剩下王后、城堡和騎士，B組剩下國王、主教和士兵，C組則是國王、王后和士兵。

B組和C組有著共同的目標，那就是用士兵把對方的國王打倒。

A組負責出棋的是一名白之國的男生，B組是韓品儒，C組還是楊獨秀。

各組預告完畢後，楊獨秀把棋子放入機器，隨即從口袋掏出某樣物品，一道寒光閃過，一把古董匕首赫然架在了郭琉璃的脖子上。

「不是只有你們才會有從密室裡拿東西的念頭，拿武器比拿棋子什麼的有用多了。」楊獨秀冷笑，「我已經出了士兵，這個回合你要出國王，不然我就把她殺了！」

其他人不禁大驚失色。

「不可對其他組使用暴力，否則倒扣二十分」——這條遊戲規則只闡述了對其他組使用暴力的後果，卻沒有限制對同組的人使用暴力，楊獨秀正是看準了這一點。

「如果等等B組開棋的結果不是國王，郭琉璃等於是你殺的。」楊獨秀威嚇韓品儒，「她的命在你手裡，好好想清楚吧！」

「不要聽他的！」程朗高叫，「無論你出什麼棋，那混蛋都會殺了郭琉璃！」

韓品儒也這麼想，可是看著命在頃刻的郭琉璃，他仍下不了手去拿國王以外的棋子。

「不要讓他殺死琉璃……求求你！」一道柔弱的嗓音突然向他求情。

韓品儒轉頭一看，只見簡琳琳緊緊拉著他的手臂，臉上寫滿了哀求，這令他更爲難了。

「我給你三秒時間，三秒後不出國王我就把她的喉嚨割斷！」

「不！」

簡琳琳情急之下硬是撞開了韓品儒，搶過國王放進機器裡，其他人想阻止也來不及。

叮咚！

隨著確定音響起和黑板上浮現「確認出棋」這幾個字，第四回合迎來了終結。

A組出了城堡，B組出了國王，C組出了士兵——A組獲得一分，B組獲得一分，C組獲得十分。

程朗忍不住對簡琳琳罵了句髒話，沈雪松也直搖頭。

接下來的第五和第六回合幾乎不用比也知道結果，第三輪賽局就在C組大獲全勝的情況下結束了。

楊獨秀露出不可一世的笑容，與垂頭喪氣的其他人形成強烈對比。

黑板上傳來「噠、噠、噠」的寫字聲，「西洋暗棋」的最終結果逐漸以粉筆字浮現，A組爲二十分，B組二十一分，C組四十分。

根據遊戲規則，獲勝的C組可直接晉級最後一關，落敗的A組和B組則必須接受懲罰。

「對不起。」韓品儒對宋櫻歉然道，「如果我在第四回合果斷地出了其他棋，我們就不用參加懲罰關卡了。」

「只要是個人，在那種情況下都會猶豫的，真要怪也是怪楊獨秀。」宋櫻說著，壓低了聲音，「說起來，你有留意楊獨秀之前說的話嗎？」

「欸？」

「楊獨秀曾經提到黑之國的某個人，雖然沒說出名字，只用『他』來代替，但是黑之國的人聽到都立刻變了臉色——你猜那個人會是誰？」

「那是……宥翔吧。」

「我也這麼想。」宋櫻點頭，「那個楊獨秀一副目中無人的樣子，能夠讓他乖乖聽話的大概也只有李宥翔了。」

「看來黑之國的國王真的是他，宥翔果然是這場遊戲裡最大的敵人。」

「如果到了非殺他不可的時候，你下得了手嗎？」

韓品儒沉默了下，「沒什麼下不了手的。」

宋櫻微微冷笑，「我可不這麼想。」

「各位同學請動身～」

隨著毛線娃娃的宣布，黑板兩旁瞬間多了兩扇門，其中一扇通往休息室，另一扇通往懲罰關卡。

出發前，楊獨秀冷冷地對顧蓁蓁說：「不要怪我，要怪……就怪妳自己太天真吧。」

顧蓁蓁不發一語，連看也不看他一眼。

接著楊獨秀走向通往休息室的門，郭琉璃一臉恍惚跟在他後面，餘下來的十二人——A組和B組全員則是懷著不安的心情前往懲罰關卡。

走過門後漫長的通道，眾人來到了一個偌大的純白色房間，牆壁和地面都是白色的，天花板亦散發著柔和的白光。

整個房間呈正圓形，放眼望去只有十二個固定在地面的支架，造型跟樂譜架相似，每個架子上都有一面觸控螢幕。支架平均分布在房間周圍，猶如鐘盤上的數字。

「這種格局好像在哪裡看過……」程朗在房間裡左瞧右瞧，「對了，感覺有點像電視上的綜藝節目，問答比賽那種！」

「所以這個關卡會是像『知識王』那樣的問答比賽嗎？」馬力馳問。

「如果有這麼簡單就好了。」沈雪松慵懶地說。

房間裡有十二個螢幕，跟A組和B組的總人數相同，於是每個人都很自然地走到其中一個螢幕前方。

韓品儒和宋櫻選了相鄰的位置，當所有人都站定後，螢幕上顯示出一段文字。

溺水問答

(1)本遊戲總共有五道題目，玩家必須在時限內作答。

(2)答錯或沒有作答的玩家將會受到懲罰。

(3)遊戲結束時只能有五名玩家存活，若多於五名將會全員死亡。

下一秒，眾人頭頂的天花板「啪」地開了十二個洞，落下十二個罩子罩住他們的頭顱。

這些頭罩是透明的，像個倒蓋在頭上的魚缸，堅固異常，徒手絕對無法破壞，罩子的頂部還有根長長的金屬管，連接著天花板。

頭罩裡的空氣十分充足，他們都可以順暢地呼吸，生理上不會有任何不適，反而是心理上的壓迫感比較大。

韓品儒嘗試喊站在他左邊的宋櫻，但是聲音完全無法傳出去，可見隔音效果相當徹底，此外兩人的距離也頗遠，怎樣伸手都碰觸不到。

他們看著彼此，像要鼓勵對方似的點點頭。

遊戲規則很快從螢幕上消失，取而代之的是打扮成士兵的毛線娃娃，以及出現在螢幕右上方的計時器。

毛線娃娃旁邊有個用漫畫風格呈現的對話框，裡面寫著：

我是國王，
得人者昌失人者亡；
我是王后，
位高權重無出其右；
我是城堡，
縱橫天下請君入堡；
我是主教，
黑白分明奉令承教；

我是騎士，
馳騁沙場爲而不恃；
我是士兵，
勇往直前戴霜履冰。

題目一：請問這裡的文字總共有多少筆畫？

他們只有一分鐘的作答時間，題目一出現倒數計時便開始了。

這麼多的字，怎可能在一分鐘內數完所有筆畫？還是說只要寫出大概的數字，最接近答案的就算正確？韓品儒思索著。

假設每個字的筆畫是十畫，可得出整首詩大約有七百二十畫。正當他要把答案寫上螢幕時，卻有點猶豫——這種半調子的答案眞的可行嗎？會不會有更準確的答案？

他望向其他人，由於每個人之間相距遙遠，加上螢幕的擺放角度亦十分刻意，因此不可能看到其他人的答案。如果眞的要作弊，大概只能從手指的動作看出端倪。

作答時間很快剩下最後十秒，正當韓品儒決定隨便寫一個答案時，宋櫻忽然對他招了招手。

雖然他們無法以說話進行溝通，但使用身體語言也行，宋櫻巧妙地避開其他人的視線，用手勢比劃出一個只有韓品儒才能看到的數字。

韓品儒點點頭，立刻在螢幕上寫下這個數字。待作答時間結束，面前的螢幕多了個代表回答正確的勾勾，韓品儒頓時鬆了口氣，並慶幸剛才宋櫻提醒了他。

題目一：請問這裡的文字總共有多少筆畫？

「題目」這兩個字是在最後一句才出現的，這表示前面那首短詩其實很可能不是題目的一部分，而是妨礙思考的陷阱，真正的題目只有最後一句——這裡的「文字」總共有多少筆畫？

「文」是四畫，「字」是六畫，加起來總共十畫，不用十秒就能數完。

這題總共有七個人答對，可見腦筋靈活的人並不少，答錯的人則有五個。

下一秒，大量清水突然從連接天花板的管子注入這五個人的頭罩，他們都顯得十分害怕，幸好水位升到他們下巴左右的位置便停下來了。

接著毛線娃娃再次出現在螢幕上，跟第一題相同，這題的作答時間也是限時六十秒。

題目二：

—＜？＜×＜＋＜＊＜□

請畫出？代表的圖形。

這次是益智問答裡常見的「找規律」題目。

韓品儒嘗試把圖形進行組合、計算線條的數量，或者倒過來看，無奈皆毫無收穫。

從其他人的表情來看，他們同樣都對這道問題感到苦惱，就連宋櫻也毫無頭緒的樣子，只有沈雪松已經寫完答案，狀甚無聊地舒展著筋骨。

倒數結束後，這次浮現在韓品儒螢幕上的是個叉叉，表示他答錯了，正確答案是「◯」。

接著螢幕上顯示出關於答案的說明，原來這些圖形代表的是西洋棋每種棋子的走法，只要把每種棋子可行的走法用線連在一起，便能得出這些圖案，至於「∧」這個符號則是提示了棋子的大小順序。

下一秒，韓品儒的頭罩開始注水，他的下巴很快整個浸在水裡，他深深地吸了口氣，提醒自己保持冷靜。

宋櫻的頭罩也注入了水，顯然她也答錯了，不過韓品儒倒不擔心她會溺水，因爲宋櫻擅長在水中憋氣，還曾在塔羅遊戲的「聖杯」關卡中展示過自由潛泳的實力。

這題有一半的人答錯，其中包括程朗和馬力馳在內的四個人上一題也答錯。目前水位的高度已到達他們的鼻子，他們都在大口大口地喝水，好不容易才讓水位下降了些。

韓品儒不知道人的胃部最多能容納多少公升的水，但終究會有一個極限，一直把水喝掉也不是辦法。

在惶恐不安的氣氛中，第三道題目在螢幕上慢慢出現。

題目三：

你們是一群總共有十二個人的士兵，每個人都以一種顏色作爲代號。你們被敵軍圍困，決定集體自殺。

你們面朝內排成了一個圓圈，並且定下規則：從某個人開始，每個人都要用劍殺死站在自己右邊的第一個人，殺完之後把劍交給右邊的下一個，輪完一圈後再繼續，直到只剩下最後一個人爲止。

那麼，如果你想成爲活下來的最後一人，你應該讓哪個顏色的士兵作爲第一個殺人的人？

這題的作答時間比較長，總共有九十秒，而且題目很明顯是爲他們現在的處境量身打造。

螢幕上顯示出十二個不同顏色的圓點，代表著他們十二個人，依順時針方向順序分別是紅、橙、黃、綠、藍、靛、紫、金、銀、銅、黑、白。

「我的代表色是白色，如果第一個殺人的是我，那麼綠色士兵就會成爲最後活著的人……」韓品儒喃喃地推算著，「如果第一個殺人的是宋櫻，藍色士兵則會成爲最後活著的人……」

以此類推，韓品儒推算出只要第一個殺人的是靛色士兵，他便會成爲活下來的最後一人。作答完畢後，他望向宋櫻，她做了個OK的手勢，示意她也找出了答案。

雖然這道題目難不倒他們，對其他人來說卻並非如此，尤其是那些水位已經上升到危險程度的人，實在沒辦法冷靜下來細心解題。

站在韓品儒右邊的人是程朗，他已答錯了兩題，見他遲遲未能解開題目，韓品儒不禁替他擔心，於是他代程朗去算，得出的答案是紫色。

韓品儒看著程朗，用食指指向紫色士兵——柯子睿，希望程朗能夠會意，程朗對他點點頭。

作答時間結束，韓品儒的答案被打了一個勾勾，證明他答對了，宋櫻和程朗也答對。第三題同樣有一半的人答錯，之前連錯兩題的馬力馳和兩名女生這題也不幸敗北。

這三個人都喝了一肚子水，腹部鼓得跟懷孕一樣，當頭罩再次被注水時，他們已經不能再靠喝水讓水位下降了。

接下來的事沒有人敢親眼看著發生。

猶如表演失敗的水中魔術，他們驚恐地掙扎、哭喊、求救，聲音卻無法傳出頭罩，也沒有人能夠解救他們。

馬力馳拚盡全力想脫掉頭罩，簡直像是要把脖子生生扯斷，但依然無法擺脫，那兩名女生則在死命敲打頭罩，然而連一條裂痕都沒能敲出來。

過了數分鐘，三人的動作漸漸緩慢下來，他們兩眼上翻，臉龐血色褪盡，四肢無力地軟垂，身體間或抽搐一下，頭罩偶爾有氣泡浮出……最終完全靜止。

現在還剩下九個人，他們必須再排除四人才能達成倖存的條件。

題目四：國王入堡

從前，有個「國王」被奸臣陷害，被迫離開了自己的祖國。

他的興趣是「A」，有時他也會看著「B」的月亮，追憶逝去的年華。

某天國王「C」了，可是他沒有半毛錢，窮得連「D」也買不起，只好將珍藏已久的「E」送給一名騎士，求他送自己回去祖國。

那名騎士很同情國王的遭遇，於是打倒了奸臣，讓國王回到他的「城堡」。

請問A、B、C、D、E分別代表什麼詞語？

這題的作答時間總共是一百二十秒，是目前為止最長的時間，不過同時也是最讓韓品儒感到沒頭沒腦的問題。

以填充題來說，可能的答案未免太多了，此外有一點讓韓品儒很在意，那就是「國王」和「城堡」這兩個詞語都用引號框了起來。

如果是需要填充的地方，用引號框著是很自然的事，但是為什麼連這兩個詞語都要框起來？難道有什麼特別的意義嗎？

這次的問題有提示可用，於是他點了提示鍵一下。

提示：

(A) 唱歌、騎馬
(B) 皎潔、下沉
(C) 受傷、生病
(D) 麵包、襪子
(E) 石頭、鏡子

獲得提示後，每個詞語的選項範圍一下子縮小到只剩下兩個。

韓品儒仔細研究這些詞語，只覺得每一個都似是而非，實在不好挑選。陷入兩難境地的人不只他一人，大部分的人都陷入了苦思。

時間所剩無多，宋櫻似乎也一籌莫展，於是他唯有憑直覺選出答案。

倒數結束，出現在韓品儒螢幕上的是個叉叉，正確答案是「唱歌（SING）」、「下沉（SINK）」、「生病（SICK）」、「襪子（SOCK）」和「石頭（ROCK）」。

原來是要翻譯成英文嗎？由KING開始，每個詞語都跟前面的詞語有一個字母不同，直到最後的城堡，也就是ROOK……韓品儒這才恍然大悟。

可惜現在才想通太遲了，從管子注入頭罩的水上升到了韓品儒的鼻子處，於是他也開始拚命喝水來保命。

又有兩個人的性命被奪走，包括簡琳琳，他們心有不甘的痛苦面容令人看得心驚膽顫。目前總共有七個人仍然存活，必須再有兩個人輸掉，而題目只剩下最後一道了。

題目五：

一名騎士在棋盤上進行巡邏，開始行動後，每個格子他只能到達一次。

請問如果要一格不落地走完整個棋盤，他最後到達的格子會是哪裡？

隨著問題出現在螢幕上的，還有一個由三十六個方格組成的棋盤。這個棋盤形狀特殊，並非一般的正方形，而是類似雪花的幾何形狀，其中一個方格有枚騎士。

他們可以嘗試讓騎士在方格之間移動，不過必須按照騎士的特定走法，也就是跟象棋裡的「馬」相似的對角線走法。

這題的作答時間同樣是一百二十秒，也有一項提示，是一個簡單的「8」字。

韓品儒不禁愣了愣。螢幕上的格子雖然有三十六個，但都沒有編上號碼，這到底是在提示什麼？是指從最上面開始數八格嗎？還是從最左邊開始數起？

八……八……行星有八大行星、蜘蛛和章魚有八隻腳、氧氣的原子序是八……

韓品儒開始連一些無關的東西也去考慮。

時間正在飛逝，他實在想不出「8」這個數字在提示什麼，只好使用最直接的解法——用騎士把每個方格都試走一遍。

他很快就陷入了死胡同，結果又要重新再走過。如果有充足的時間，總有一天可以解出答案，可惜此刻無法讓他慢悠悠地嘗試。

此時宋櫻突然向韓品儒招手，當他轉過頭時，宋櫻把自己的頭傾往肩膀。

韓品儒意會到這可能是要他橫著看的意思，於是他再檢視了題目一遍，馬上醒悟過來。那個「8」不是數字，而是符號——「∞」。這個符號除了象徵無窮，還包含了循環不斷的意思。

換句話說，騎士從起點的方格出發，用騎士的走法走遍棋盤的每個方格，繞了一圈後剛好可以回到起點。

這題答對的人有韓品儒、宋櫻、沈雪松和顧蓁蓁四人，其他人的頭罩都在注水。

程朗和柯子睿很明顯是活不下去了，水位超過了他們的額頭。接下來的五分鐘內，是這兩人與死神的競賽，他們都在努力憋氣，其他人雖然可以順暢地呼吸，卻也不自覺地跟著一起屏息。

根據遊戲規則，當遊戲結束時，如果多於五人活著，他們將會全員死亡。換句話說，假如程朗和柯子睿熬不過這五分鐘，其他人就能活下來；假如他們熬得過，那所有人都會死。

橫豎都是死，放棄似乎是最好的選擇，偏偏這兩人的求生意志極強，未到最後一刻不肯罷休。

一分鐘轉眼過去，他們仍然死死堅持著，不肯坐以待斃。其他人看了百感交集，一方面佩服他們的毅力，另一方面又暗暗希望他們快點放棄。

站在柯子睿前方的人是一名長相和身材都很出眾的女生，正是一開始在白之國的男生間引起騷動的蔡妃茵。

毫無預警的，蔡妃茵冷不防脫掉制服，甚至連內衣褲都沒留下，美好的身體在眾人面前展露無遺。

所有人見狀都嚇了一跳，柯子睿更是不小心嗆了一大口水，他本來就已處於溺水邊緣，這下更是雪上加霜。眾人只能眼睜睜瞧著他在水中露出痛苦窒息的表情，逐漸步向死亡。

程朗因爲始終閉著眼睛，所以沒看到蔡妃茵的裸體，不過他只比柯子睿多堅持了半分鐘，之後也心跳停止宣告死亡。

最終在遊戲結束前，他們達成了「只有五個人存活」這項條件——韓品儒、宋櫻、沈雪松、顧蓁蓁和蔡妃茵成爲倖存下來的五人。

當頭罩被卸掉後，他們終於能夠呼吸到新鮮的空氣，接著便趕緊去爲程朗和柯子睿進行急救。

「沒用的吧？畢竟他們不是確定『死亡』的話，我們也不能獲勝。」蔡妃茵冷哼一聲，「如果你們眞的那麼在乎他們的性命，剛才幹麼不提示他們正確答案？現在才來假惺惺地急救，太虛僞了。」

任憑蔡妃茵怎樣在旁邊冷嘲熱諷，眾人仍努力幫助程朗和柯子睿把體內的積水排出，同時施展心肺復甦術，最終程朗奇蹟似的恢復了意識，柯子睿卻沒能活下來。

接二連三地被各種關卡轟炸，韓品儒只覺身心俱疲，其他人亦同。

可是他們還不能休息，第三道關卡——也就是最後一道關卡像咧著嘴的猛獸般等待著他們。撐過這道關卡後，他們才能抵達升變的終點。

「你好像喝了不少水，沒關係嗎？」宋櫻問韓品儒。

「肚子是有點脹，不過還好。」韓品儒搖搖頭。

「在接下來的關卡，我們會再次遇到楊獨秀，對上他可千萬要小心。」宋櫻叮嚀，「他跟我們不一樣，剛才有充分的時間休息，現在可說是處於最佳狀態。」

韓品儒點點頭，「好不容易才走到這一步，絕不能栽在他手裡。」

此時，房間裡突然升起白霧，韓品儒和宋櫻下意識牽起彼此的手，但是當白霧散去後，宋櫻的觸感卻從手上消失，其他同學亦杳無蹤影，韓品儒變成了孤身一人。

環顧四周，他發現自己正身處一個大得驚人的花園，四周全是高聳入雲的樹籬，抬頭只看得見被分割成長條狀的藍天，如同在高樓大廈間的小巷仰望天空。

地上鋪著翠綠的草皮，並且整齊地劃分成一個個正方形區塊，每個方塊邊長約兩公尺，有些比較深色，有些比較淺色，交替地排列著，讓人聯想到《愛麗絲鏡中奇遇》裡的草原棋盤。

宋櫻也被傳送到了這裡的某處嗎？得快點找到她才行。

韓品儒這樣想著，正要舉步向前的時候，手機突然傳來通知。

關卡三：棋盤迷宮

(1)迷宮裡總共有十六枚棋子（國王一名、王后一名、城堡兩名、主教兩名、騎士兩名、士兵八名），其中八枚由玩家隨機變成，另外八枚為NPC。

(2)NPC的目標是殺死全體玩家，並且會說謊欺騙玩家，務必注意。

(3)十六枚棋子必須按次序輪流移動，走法和吃子須遵照西洋棋的規則，遇到無法移動的情況時除外。

(4)每名玩家有三種輔助道具：調查、石化、防禦，各可使用一次。

調查：可調查一枚棋子的真正身分

石化：可停止一枚棋子的行動一回合

防禦：可防禦一次攻擊

(5)玩家必須在時限內殺死所有NPC，並且找到迷宮的出口，否則死亡。

韓品儒仔細咀嚼規則，過了約莫一分鐘，手機再次傳來通知：

你的角色是士兵。

下一秒，手機螢幕顯示第一回合正式開始，表示國王可以進行移動，之後輪到王后，再來是城堡……一路按順序下來，身為士兵的韓品儒幾乎是最後一個移動的。

他知道迷宮有所謂的沿牆走法則，也就是只要選定左邊或右邊，貼著牆壁走下去便能到達出口，於是他決定貼著左面的樹籬走。

士兵的走法是只進不退，第一步可走一格或兩格，而後則是每次只能走一格。韓品儒此刻的位置在某條死路的盡頭，於是他往出口的方向前進了兩個方格。

韓品儒一邊在草地棋盤上移動，一邊用手機記錄，嘗試記下迷宮的路線。

過了七個回合，他終於走出死路，來到T形通道的交叉點，在他面前有兩條岔路，一條往左，一條往右。

雖然西洋棋規定士兵不能橫向行走，但在這個迷宮裡，當遭遇無法直走的情況時，是可以轉向的。

韓品儒選擇了往左的路線，接著又拐了一個彎進入另一條寬闊的直路。

踏上這條路後，他看見遠處有座約三公尺高的巨大黑色雕塑，刻成了馬頭的形狀，顯然是西洋棋裡的騎士。

到了騎士移動的回合，那座雕塑猶如底部裝了滑輪一樣，斜著移動了數格，韓品儒這才意識到這個騎士正是其他棋子，不是由玩家變成的就是NPC。

韓品儒看自己的身體是普通人類，但是以其他玩家的角度來看，恐怕也是變成了一座巨大的士兵雕塑。

他其實不是很願意這麼快就跟其他棋子碰面，因爲這意味著有可能開戰，無奈身爲士兵的他無法後退，於是只能硬著頭皮前進，而騎士也在往韓品儒的方向逐漸靠近。

數個回合過後，雙方的距離越縮越短，中間只隔了三行格子。韓品儒有點巨物恐懼症，這座騎士給予他強烈的威壓感，讓他覺得自己快要被壓垮了。

韓品儒清了清喉嚨，鼓起勇氣問：「你、你是誰？」

「你的聲音好奇怪，不過這個結巴的語氣……難道是韓品儒？」

一道人工合成、分不清男女的電子音從騎士那裡傳出，聽其說話內容，韓品儒得知自己的嗓音似乎也是同樣怪異。

「我、我是韓品儒。」韓品儒回答，「你、你呢？」

「太好了，眞的是你！我還在想萬一是NPC就要開戰了！我是程朗啊！」

「你、你眞的是程朗？」韓品儒半信半疑。

「對啊！如果你懷疑我不是本尊，那就問我一些只有我才知道的事吧！」

聽騎士的說話語氣，確實頗有程朗的風格。

「那、那麼你說說看你在教室坐哪個位子？」

「我坐在最後一排窗邊數來第二個位子，而且還是你的鄰座呢！」

對方回答得一絲不差，韓品儒聽後稍微放心了。

「遇到同伴實在太好了，這個迷宮怪里怪氣的，我們一起行動互相照應吧！」

程朗興高采烈地表示，讓韓品儒沒有拒絕的餘地。不過即使他拒絕，礙於士兵的行動力有限，他也沒辦法從騎士身邊逃離。

韓品儒繼續一個格子一個格子地往前走，騎士能夠一次跨越數格，因此程朗前進的步伐比韓品儒來得快，不過他刻意配合著韓品儒的速度，總是走在離他不遠的位置。

韓品儒總覺得這個騎士監視著他，似乎在伺機而後動，他原本就沒有百分之百相信騎士就是程朗，此時更是疑心大增。

即使騎士說出了只有程朗才知曉的事情，對方的話裡仍然存在著矛盾。

騎士跟士兵不同，可以自由選擇前進或後退，假如程朗眞的害怕跟NPC碰面，爲什麼不在看到其他棋子的當下便掉頭？

韓品儒想起了玩家的其中一項輔助道具——「調查」，只要使用這項道具即可確認眼前的騎士到底是玩家還是NPC，但每項道具只能使用一次，使用前必須仔細考慮，不然就白白浪費掉了。

兩人在直路前行，終於來到一個分岔口。

輪到騎士移動的回合，它跨越方格抵達了一個相當巧妙的位置，只要韓品儒繼續往前移動，就會進入它的攻擊範圍。

韓品儒暗叫不妙，萬一眞的被攻擊，他絕對無法逃走，只能使用「石化」或「防禦」。

「安啦，我不會攻擊你的！我走這一步，只是想讓我們可以更好地配合發揮，萬一遇見NPC就可以展開包抄了！」

程朗向韓品儒解釋這麼行動的原因，卻令他有種此地無銀三百兩的感覺。

輪到韓品儒移動的回合，他認命地走到前面的方格裡。若騎士在下個回合沒有任何不軌的舉動，那麼他們之間就能產生信任，否則再無合作的可能。

到了騎士移動的回合，漆黑的巨大馬頭緩緩轉動，由原本的向前改爲朝向韓品儒，下一秒——

滋！

一個圓形的電磁防護罩在韓品儒身周出現，擋下了騎士的攻擊。他所料不差，眼前這個騎士不是程朗，而是僞裝成玩家的NPC。

騎士露出本性後，進一步把韓品儒逼至絕境，無計可施之下，韓品儒只能再度使用輔助道具。

正當他要用「石化」暫停騎士的行動時，騎士卻忽然遭受猛烈攻擊，雕塑出現了大量裂痕，接著崩壞瓦解，轉瞬化爲一堆黑色砂石。

韓品儒吃了一驚，只見攻擊騎士的是一座主教雕塑，如同西洋棋吃子那樣，主教殺死騎士後就占據了它的位置，矗立在韓品儒面前。

未等韓品儒開口，主教率先發話，聲音也是詭異的電子音。

「我在樹籬的另一邊偷聽你們的對話好一陣子了。」主教用懶散的口吻說，「幸好那個騎士把注意力都放在你身上，我才能夠得手……嗯，就是這樣。」

這種語氣讓韓品儒想起一個人。

「你、你是……沈雪松？」

「你猜得滿快的嘛。」

「幸、幸好有你，不然我已經……」韓品儒心有餘悸。

「你也太慘了吧，連在關卡裡也抽到士兵。」沈雪松調侃，「我的手機裡有指南針程式，要不要一起走啊？」

因爲剛剛才被騙了一次，韓品儒感到有點猶豫，不過沈雪松一出手就殺掉NPC，這證明了他的確是玩家，實際的行動比起言語更有說服力。

「好、好吧。」

兩人在迷宮裡結伴而行，沈雪松再次開口：「我小時候還滿喜歡迷宮的，基本上沒幾個迷宮可以難倒我，如果是平面的方形迷宮，只要記著幾點要領就能輕易找到出口。」

「你、你是說沿牆走嗎？」

「那是其中一個方法啦，不過只適用於所有牆壁都連在一起的迷宮。如果碰上所謂的『島嶼型』或『回字形』迷宮，這個方法只會讓你不斷繞圈子。」

「原、原來如此。」

「有個方法比較好，你應該聽過《格林童話》的〈糖果屋〉吧？故事裡的兄妹被繼母遺棄在森林，靠著沿路撒麵包屑做記號才找到回家的路。」

「可、可是麵包屑後來好像被森林裡的小動物吃掉了……」

「總之你就想像自己一邊走一邊往地上撒麵包屑。」

沈雪松接著詳細解釋。

「如果去到一個兩邊都沒麵包屑的路口，那就隨便選一個方向走。如果其中一邊有麵包屑，另一邊沒有，那就選沒有的那邊。如果要在撒過一次和兩次麵包屑的路做選擇，那就選只撒過一次的，然後邊走邊撒第二次。如果遇到兩邊都撒了兩次麵包屑的路口，那就往回走。用這個方法雖然會很慢，不過保證能走出迷宮。」

兩人繼續前行，他們原本素不相識，說完關於迷宮的話題就陷入了尷尬的沉默。

「那個……聽說你之前念的學校是聖櫻高中，對嗎？」沈雪松突然問。

「沒、沒錯，怎麼了？」

「那場發生在聖櫻高中的校園屠殺事件，據說有兩個高二的班級犧牲，遇害人數差不多有七十人，該不會跟你有關吧？」

聽沈雪松提起聖櫻高中，撲克遊戲的種種經過又一次在韓品儒的腦海浮現，他不由得呼吸一窒，胸口猶如被沉重的鐵塊壓著。

「說、說來話長，不過……我確實跟事件有關。」韓品儒緩緩表示，「不、不瞞你說，我已經不是第一次參加這種遊戲了，我最初就讀的那間高中也曾經被捲入遊戲裡。」

「等一下，所以那場屠殺事件……原來是跟遊戲有關的？」

「關、關於這點，其實你也可以去問你們班的李宥翔，他跟我經歷了相同的事。」

「這就饒了我吧。」沈雪松語帶無奈，「李宥翔……怎麼說好呢？我不太擅長跟那種正經的優等生打交道，總覺得他活得好累啊。」

接著，韓品儒把在塔羅遊戲和撲克遊戲中發生過的事挑重點告訴了沈雪松，沈雪松安靜聽完後，靜默了好一陣子。

「所以，假如我勝出了這場遊戲，也會被迫參加下一場遊戲嗎？」

「如、如無意外是這樣。」

「這簡直就是莫比烏斯環嘛。」

「莫、莫比烏斯環？」

「把一張長紙條扭轉一百八十度，再將頭尾兩端黏起來，就成了一枚莫比烏斯環。這樣的紙帶只有一個面，若是讓一隻螞蟻沿著紙帶往前走，牠會一直走下去。」

沈雪松懶洋洋地說明。

「好麻煩啊。如果要一直玩這種遊戲，跟大家殺來殺去，還不如直接去死算了。」

「其、其實……有個能夠終結遊戲的方法。」韓品儒低聲說。

「欸？什麼方法？」

「那、那個方法就是——」

韓品儒向他說明，不久，迷宮某處突然傳來一道淒厲的慘叫。

「這、這叫聲……難道是有玩家被殺？」

韓品儒的背脊升起一股涼意，暗暗希望這聲慘叫不是宋櫻發出的。

「哎，玩家變少的話，遇到NPC的機率也會增加，這可有點糟糕呢。」沈雪松淡淡說。

兩人持續前進，一拐過某個路口，隨即迎面碰上另一枚棋子——主教。

韓品儒目前只在迷宮裡看過黑色的棋子，這枚主教卻是白色的，顯得甚是特別。這應該是因爲主教分爲白主教和黑主教，白主教只能走白格子，黑主教只能走黑格子。

當輪到白主教移動的回合，它立刻在可走的範圍內逃得遠遠的，跟韓品儒和沈雪松拉開了大段距離，警戒心相當高。

韓品儒對這名白主教使用「調查」，得出的結果是玩家，但不清楚具體身分。

「等、等一下。」韓品儒對白主教高聲道，「我、我們也是玩家，我是韓品儒，他是沈雪松。」

過了一會，一道略帶猶豫的電子音從巨大的白色主教雕塑裡傳出。

「你……真的是韓品儒？」

「是、是的。」

「那你先回答我一個問題。你生日會上的草莓蛋糕有幾顆草莓？」

白主教這樣問，相當於告訴韓品儒他是程朗。看來程朗並不清楚NPC會僞裝成玩家，並且對玩家的一切資訊瞭如指掌。

「我、我沒數過有幾顆，不過蛋糕上面有塊巧克力板，被唐糖偷吃掉了。」

「你眞的是韓品儒！我是程朗啊！終於遇到熟人，太好了！」

確認了彼此的身分後，一起上路的同伴增加了一人。韓品儒一直都有記錄迷宮的路線，程朗和沈雪松也把他們走過的地方形容給韓品儒聽，讓他記下來。

迷宮的面積很大，路線亦十分曲折，他們三個人大致上都是由迷宮的東南面出發，正在往迷宮的北面走去。

主教程朗和沈雪松能夠長距離地斜向移動，但爲了配合只能一步一步來的士兵韓品儒，他們不得不放慢腳步。

「這樣走下去，下輩子也走不到出口。」程朗不滿地表示。

「到了前面的路口我們就分開走吧，要是有誰發現了出口就在附近做點記號。」沈雪松提議。

於是三人來到路口便分道揚鑣，韓品儒往左走，程朗和沈雪松往右走。

迷宮裡的景色只有單調的草地和樹籬，雖說多看綠色能護眼，一直被相同的顏色包圍還是會讓人有點厭膩。

走了大約十分鐘後，韓品儒忽然聽見身後傳來物體移動的聲音，於是轉過身去，原來是另一枚棋子正站在離他稍遠的地方。

之前遇到主教和騎士時，他已經覺得巨大得讓人有點窒息，可如果把它們放在眼前這枚棋子旁邊，恐怕還會顯得「嬌小」。

這枚棋子足足有兩層樓高，外觀跟主教略有相似，頂部有個王冠，看來不是國王就是王后。到了王后的回合，這枚棋子緩緩地往旁邊移動了三個方格，跟韓品儒處於同一行。

韓品儒心下一涼，這個舉動分明是要在下個回合致他於死地。

「調查」和「防禦」都用掉了，現在只剩下「石化」……要使用嗎？萬一對方也是玩家……韓品儒在心裡盤算。

「我、我是韓品儒。」他決定先試探對方的身分，「你、你也是玩家嗎？」

那名王后毫無回應，像一尊名副其實的雕塑般沉默。

當再次來到王后的回合時，王后慢慢向前移動，韓品儒明白他最壞的預感要成眞了——

「使、使用『石化』！」

韓品儒在千鈞一髮之際喊了出聲，王后的動作瞬間停止。

韓品儒微微鬆了口氣，他知道這只是一時的緩兵之計，當下個回合來臨時，只能向前走的他仍然會被王后所殺。

兩分鐘後，又再度回到王后移動的回合。

「你、你不會想攻擊我的。」韓品儒對王后說，「雖、雖然從你的角度看不見，但是我的斜後方有個主教，假如你對我下手，之後會立刻被反殺。」

對於韓品儒的虛張聲勢，王后沒有半點表示，韓品儒只好認命，可是王后接下來的動作卻出乎他的預料。

原本面對著韓品儒的王后轉到了另一面，沿著地上的方格斜走到另一條通道，淒厲的悲鳴隨即響起，響徹了整個迷宮。

「不不不不……你、你別過來啊啊啊啊啊啊！」

由於被樹籬遮擋了視線，韓品儒只能看見一雙倒在地上的腳，還有在草地上漫開的鮮血。那雙腳明顯是屬於女生的，穿了一雙有著金屬搭扣的黑色皮鞋，韓品儒記得宋櫻的鞋子是沒有搭扣的。

原來玩家死亡後，他們在其他玩家眼中就不再是棋子的姿態，而是會恢復成人類的模樣。

「是蔡妃茵啊……不是NPC，不過也無所謂。」

王后終於開口說話，怪異的電子音裡夾雜著不屑。

「你……你到底是誰？」韓品儒問。

「你還真是狗屎運。」王后對韓品儒說，「先是把我『石化』，之後又有人代替你送命。」

在韓品儒的印象中，只有一個玩家會對其他人抱持著這種滿不講理的惡意。

「你、你是……楊獨秀。」

王后並未否認，「沒想到你們居然能在懲罰關卡活下來，不過你們是絕對活不過這個關卡的。」

「這、這個關卡的敵人是NPC，你沒必要對其他人趕盡殺絕吧？」

「如果每次下手前都要先確認是NPC還是玩家，那未免太麻煩了，只要把其他棋子一律殺光不就好了嗎？」

楊獨秀不是NPC，卻比NPC更加危險，韓品儒自覺生存無望了。

「不過剛才發生的事提醒了我，如果能夠利用其他棋子作誘餌，殺起來就更輕鬆了。」楊獨秀冷酷地說，「走吧，要是接下來你好好表現，或許我可以暫時留著你的命。」

楊獨秀命令韓品儒繼續前進，而他自己則是在稍遠的地方監視著韓品儒的一舉一動。

當來到一個路口時，楊獨秀叫韓品儒走右邊，接著韓品儒便迎面遇見一枚士兵。

楊獨秀不分敵我地殺害棋子，韓品儒知道這枚倒楣的士兵怕是凶多吉少，只能暗暗祈禱對方不是宋櫻。

「你、你是誰？」韓品儒高聲問。

「我是……」

正當士兵要回答時，剛好輪到王后移動的回合，楊獨秀馬上向它發動攻擊。

「等、等一下！」韓品儒趕緊制止，「先、先搞清楚身——」

下一秒，士兵在韓品儒眼前被擊碎，化爲一堆黑色砂石。

「這下不就搞清楚了嗎？」楊獨秀冷笑。

兩人在迷宮裡一前一後走著，韓品儒發現自己已經差不多把整個迷宮的地圖描繪了出來，卻仍然沒有半點關於出口的線索。

沿路的地上有著一堆又一堆砂石，應該是屬於其他被玩家收拾的NPC，此外他還發現了郭琉璃的屍體，不知是玩家還是NPC下的手。

根據遊戲傳來的訊息，現在迷宮裡的玩家有六個人，NPC則是還有兩個。

時間只剩下半小時，他們必須盡快殺死那兩個NPC，並且找到出口，可說是分秒必爭。

當韓品儒和楊獨秀走到某個三岔路口時，碰上了從另外兩條通道過來的棋子。左邊是國王和城堡，右邊則是騎士。

三方人馬分別占據了三條通道，陷入了膠著狀態，氣氛緊張，沒有人開口說話。

過了一會，城堡率先打破沉默。

「大家先自報身分吧，我是宋櫻。」

聽城堡自稱宋櫻，韓品儒立刻說：「我是韓品儒！」

「它是才怪，我剛才對這個城堡用了『調查』，它是NPC。」國王說，「我才是宋櫻。」

「那還眞是剛好。」城堡冷笑一聲，「我也對這個騎士用了『調查』，我敢肯定它是NPC。」

「我不曉得你們在玩什麼把戲，不過我才是眞正的宋櫻。」騎士跟著冷笑，「我的『調查』用在其他棋子身上了，所以沒辦法驗明你們的身分，不過你們兩個很明顯是假貨。」

「等、等一下，這樣太混亂了。」

聽著三人你一言、我一語地主張自己的身分，韓品儒只感到無所適從。

「你、你們當中到底誰才是眞正的宋櫻？」

「我。」三枚棋子異口同聲回答。

「你的『調查』還在嗎？這種事只要『調查』一下就知道了吧？」國王宋櫻問。

「我、我已經用在程朗身上了。」韓品儒無奈地答。

「說起來，你是不是眞正的韓品儒也很讓人懷疑。」城堡宋櫻質疑。

「我、我眞的是韓品儒……」

「我才不管你們哪個是眞貨。」楊獨秀冷冷地說，「反正接下來我會把你們都做掉。」

「不、不行！」韓品儒趕緊制止，「請、請給我一點時間，我會把眞正的宋櫻找出來的！」

「你沒有跟我討價還價的餘地。」楊獨秀語帶不屑。

「他、他們有三個人，你不可能一次把他們殺光。」韓品儒說，「還、還是先把眞正的宋櫻和NPC辨別出來會比較好吧？」

王后楊獨秀雖然是最強的棋子，但要同時對付國王、城堡和騎士確實力有未逮，一個弄不好可能會讓對方逃掉，甚至被反殺。如果能夠縮減攻擊的目標，那會更容易得手。

「我給你一個回合的時間。」楊獨秀對韓品儒說，「如果你在我移動之前找出眞正的宋櫻，我會把她排除在攻擊目標外，不然我就隨便挑一個來殺。」

韓品儒深知這是楊獨秀所能作出的最大讓步，於是他只得把握時間分辨三枚棋子的眞正身分。

這三個人裡只會有一個是宋櫻，其餘兩個是NPC，也就是說一個人說的是實話，另外兩個人說謊。

眼前的情況有如某道經典的邏輯題，韓品儒決定先把三人剛才的對話進行整理。

國王宋櫻：城堡在說謊。

城堡宋櫻：騎士在說謊。

騎士宋櫻：國王和城堡都在說謊。

他以三枚棋子輪流做了一遍假設，得出結論後告訴楊獨秀。

當王后的回合到來，騎士立刻被楊獨秀殺害，化成一堆黑色砂石，到了下個回合，國王也被他所殺，結果同樣化成砂石。

唯一存活下來的棋子只有城堡——眞正的宋櫻。

所有NPC都被殺死後，他們在其他人眼中的棋子狀態隨即解除，終於看見了彼此的眞身，韓品儒和宋櫻都大大地鬆了口氣。

「原來你們在這裡啊。」

一道慢條斯理的嗓音從後面傳來，轉頭一瞧，是沈雪松也來了，在他身後的還有程朗和顧蓁蓁——迷宮裡的所有玩家都集合了。

就在此時，各人的手機同時傳來通知。

「請於十五分鐘內前往迷宮出口，正確的出口只有一個，務必小心選擇。」

接著手機畫面顯示出一幅迷宮地圖，上面有三個閃爍的紅點，一個位於地圖最上方，寫著「橋梁」；一個位於地圖最下方，寫著「高塔」；還有一個位於正中間，寫著「地窖」。

隨著地圖出現的，還有一個寫著「提示」的按鈕，點進去只出現一個由多個空白方塊組成的長方形，有點像古早電腦遊戲「踩地雷」，不同的地方是長方形的左邊和上方均排列著一組組的數字。

「這是什麼？」程朗一臉迷茫。

「是『邏輯拼圖』吧。」沈雪松回答，「那些數字是用來提示要塡充的格子，塡完後會出現某種圖畫，按照現在的情況，出現的大概會是橋梁、地窖、高塔的其中一個吧。」

韓品儒也玩過這種遊戲，只是不算擅長，且這幅拼圖大得誇張，長和寬都有一百個格子之多，他不覺得自己能夠在短短十五分鐘內成功拼出來。

「總之先試一下吧。」宋櫻說，「不一定要把整幅圖都拼出來，看到大概的形狀應該也猜得出是什麼東西。」

邏輯拼圖不容易分工合作，他們只能各自努力，可惜過了大約五分鐘，他們只拼出了圖畫的冰山一角，根本分辨不出是什麼。

「只剩下十分鐘，再不出發就太遲了！」程朗焦急地說。

「只能在三個選擇裡賭一把嗎……」宋櫻低頭沉吟。

「這樣啊，那我就隨便選一個吧。」

沈雪松抓了抓頭髮，率先離開眾人，楊獨秀冷哼一聲，也撇下其他人走掉了。

「你要選哪個？」程朗問韓品儒。

「距、距離這裡最近的是地窖……要先去看看嗎？」

於是韓品儒、宋櫻和程朗決定前往地窖，顧蓁蓁則留在原地，繼續不死心地破解邏輯拼圖。

她死死盯著手機螢幕，專注得像是要把手機吃進肚子裡，手指不斷點來點去，嘴裡念念有詞，彷彿被什麼附身了一樣。

「一、二、三、四……不行，這裡對不上……一、二……Damn it，我一定要拼出來！」

「別管她了，我們快點走吧！」程朗催促韓品儒和宋櫻。

他們自身難保，只能拋下顧蓁蓁前往地窖。三人按照地圖上顯示的路徑，在樹籬之間繞來繞去、奔跑穿梭，花了五分鐘便抵達目的地。

地窖的入口是一扇巨大厚重的木門，古銀色的門把閃著黯淡光芒，但三人都不太敢伸手去碰。

「出口眞的是這裡嗎？」程朗不安地問，「選錯了會不會死啊？」

三人都頗爲猶豫，他們再次研究迷宮地圖和邏輯拼圖，接著韓品儒突然發現了某件事，「啊」一聲叫了出來。

「這、這個……不就是……」

宋櫻也看出來了，「原來是這樣，這還眞是……我們快點過去吧！」

「咦？你們在說什——」

韓品儒和宋櫻沒有回應程朗的問題，而是果斷地往另一個出口拔足狂奔，程朗雖然沒搞清楚狀況，但也立刻追在兩人身後。

「只剩下最後五分鐘了，我們不可能趕得上！」程朗氣喘吁吁地說。根據地圖所示，他們要繞過好幾段又長又曲折的通道才能抵達那個出口，即使他們全速奔跑，恐怕也要花上七、八分鐘的時間。

「不，我們趕得上的。」

宋櫻說著，轉身面向樹籬，也不管會被刺傷和割傷，硬是撥開枝葉闖了進去，再從另一邊走出。

這個方法能夠讓他們以最短的路徑穿越迷宮，於是韓品儒等人無視正規的行走路線，拚命突破樹籬，一鼓作氣地往出口衝。

他們的臉和手都被樹枝割得鮮血淋漓，當時間只剩下最後十秒時，三人終於來到正確的出口——高塔，並開門進去。

「呼哧……呼哧……呼哧……」

三人累得氣喘如牛、滿頭大汗，幾乎癱倒在地。

總共有五人抵達正確的出口，除了韓品儒、宋櫻和程朗，還有沈雪松和楊獨秀。

「恭喜趕上。」沈雪松悠然說，「我還以爲你們不會發現呢。」

「你這傢伙！」程朗怒道，「原來你早就發現了答案，爲什麼不跟我們說？」

這裡有座長長的旋轉樓梯，他們往上爬走到塔頂，從露臺往下望，整個棋盤迷宮一覽無遺。

「『出口』居然在這裡？」程朗忍不住驚呼。

迷宮的牆壁是由樹籬排列形成的，其中有幾排樹籬剛好組成了「出」和「口」這兩個中文字，這就是他們尋尋覓覓的迷宮「出口」。

剛才韓品儒檢查地圖的時候，注意到了「出口」這兩個字，於是明白了高塔才是正解，因爲唯獨站在這座高塔的頂部，才能把「出口」看得一清二楚。

第三道關卡到此結束，漫長的升變總算迎來了最終章。

「看來這裡就是最後了。」沈雪松伸了個大大的懶腰，「是說你們要不要來黑之國啊？」

「誰要背叛自己的國家啊。」程朗忿忿地回，「我們又不是白修羅。」

「你們消息滿靈通的嘛。」沈雪松微微一笑，「先說好了，在戰場上碰到我可不會手下留情啊。」

沈雪松挑釁般用肩頭撞了韓品儒一下，順勢把某件物品放進韓品儒的口袋裡。

「升變正式結束！恭喜通過關卡的五位玩家！」

彩帶和亮粉從毛線娃娃手裡的拉炮噴了出來，接著他們的手機螢幕皆顯示出一個晃動著的寶箱，示意他們點擊。

韓品儒和宋櫻互相看了對方一眼，而後毅然決然地點下去，他們抽到的角色是——

005 破局

升變結束，韓品儒、宋櫻和程朗一起被送回白之國的基地。

程朗繪聲繪影地向白之國眾人描述升變關卡的種種驚險，那些沒有參加的士兵都不禁慶幸自己做對了決定，而其他位階的人則慶幸自己不必參與這種玩命的賭注，同時也爲不幸喪生的馬力馳、柯子睿等同學感到難過。

韓品儒升變後的位階是騎士，宋櫻是王后，程朗則是主教。

「我們損失了六個人，卻多了王后、主教和騎士，單純以結果而論，我們是賺了。」尹曉生分析，「黑之國損失了六個人，增加了兩名高階棋子；紅之國是大輸家，不但損失了七個人，升變成王后的棋子還加入了白之國。」

由於宋櫻昨晚曾經參與攻打白之國，不少人都對她抱有敵意，但在韓品儒說明了紅之國的狀況後，他們便比較能接受她了。此外，宋櫻以王后的身分加入，也大大增加了白之國的實力。

「歡迎加入白之國，謝謝妳選擇了這個國家。」尹暮生對宋櫻友善一笑，「讓我們忘記之前的事，一起爲白之國努力吧。」

宋櫻點點頭。

這兩名女孩曾在這座教堂裡爲了韓品儒大打出手，一個想殺了他，另一個則救了他，現在這一切都成爲了過去式。

「那、那個……我們不在的時候，有發生什麼事嗎？」韓品儒問大家。

「其他國家都很安分，沒任何動靜。」姜大勛回答，「趁著這段時間，我們練習了一下使用武器，還製作了一些陷阱。」

他指了指地上的某個物體，那是一盞原本掛在大廳天花板的枝型吊燈，只見燈臂上的蠟燭都被拆了下來，取而代之的是一把把寒氣逼人的小刀。此外還有鐮刀、鋼絲、鐵鍊、粗繩等等，全是製作機關會用到的物品。

韓品儒在眾多道具中發現了一個突兀的東西——煮鍋，於是問道：「那、那個也是機關嗎？」

「關於那個……」尹曉生神祕一笑，「我先賣個關子，需要用到的時候你就會知道是怎麼回事了。」

從剛才開始，韓品儒就聞到教堂裡有股濃郁的腐敗氣息，他左嗅右嗅，發現那股氣味竟是從拱門後方的告解室裡傳來的。

「這、這股氣味是……」

「很臭是吧？那是喪屍兵，他們是重要的戰力，再臭我們也得留著。」尹曉生解答，「裡面大概有十五具，有些是我們白之國的，也有些是紅之國和藍之國的。」

校歌鈴聲突然響起，來自尹暮生的手機，她看了一下，稍稍蹙起眉頭，接著把螢幕展示給其他人看。

「請大家都來看看。」

眾人圍繞著尹暮生，她的手機螢幕上顯示出一隻打扮成聖誕老公公的毛線娃娃，正笑嘻嘻地從一個紅色的大袋子裡拿出禮物。

「為了讓遊戲變得更加有趣，我決定要送一點禮物給大家！以下有三份禮物，請大家任選一份，呵呵呵～」

三份禮物前方各有一個小牌子，紅色的禮物寫著「雷達」，黃色的寫著「傭兵」，藍色的則寫著「武器」。

「三個選一個……」尹曉生沉吟，「大家有什麼想法嗎？」

「當然是選傭兵啦！」一名男生搶著發言，「傭兵就是職業戰士吧？有了這樣厲害的人，我們就不用親自上場作戰，輕輕鬆鬆就能取得勝利，多好啊！」

「我覺得選武器比較好。我們不清楚傭兵的具體戰力，不一定靠得住，求人不如求己。」一名女生持相反意見。

「如果連敵人的位置都不清楚，有傭兵和武器也是白搭。在戰爭中最重要的是情報，有了雷達就能得知其他國家的軍勢和布防，我選雷達。」

「如果其他國家選了傭兵和武器，選了雷達的我們不就會淪為戰力最弱的國家了？」

三個選項各有支持者，各自提出論點爭辯不休，也有人在選項間猶豫不決，感到無所適從。

「只剩五分鐘了，還是以投票來決定吧。」尹曉生說，「接下來我會說出選項，請大家舉手。」

結果大部分的人都選了傭兵，韓品儒也選了這個，宋櫻則是選了武器。

尹暮生遵從大家的意見，輕輕點了黃色禮物一下。

「鏘鏘~這就是你們選擇的禮物……啊！不好意思手滑了！『傭兵』和『武器』都掉了啦！呃，我這裡只剩下『雷達』，你們……應該不介意收下吧？」

眾人看完這段毛線娃娃的獨角戲都不禁傻眼，他們實在低估了這個遊戲的惡質程度，如願以償這種事根本不可能發生。

「那個……雷達也是個優秀的選項，某種程度上比傭兵和武器都來得實用，請大家不要灰心。」尹暮生鼓勵眾人，「先來用用看熟悉一下吧。」

白之國每個人的手機裡都多了一個「雷達」的道具選項，點下去隨即彈出一幅立體地圖，直徑一百公尺內的環境和所有人的位置立刻無所遁形。

除此之外，這幅地圖將整個校園像棋盤一樣劃分成一個個方格，玩家則是以棋子的姿態顯示，看著地圖就像看著一盤正在對奕的棋局。

教堂裡有一堆白色棋子，代表著這裡的每一個人。有枚藍色棋子正在某處移動，那是藍之國的唯一成員——國王羅浮。此外還有若干黑色棋子和紅色棋子散落在地圖各處，似乎是黑之國和紅之國的哨兵。

他們已經透過宋櫻得知，紅之國的基地位於校園最北端的建築——教職員宿舍，但由於地圖的顯示範圍有限，因此沒能顯示出來。他們也看不到哪裡有大量聚在一起的黑色棋子，這表示黑之國的基地同樣位於距離教堂相當遠的地方。

「『注意：基地的隱藏功能對雷達持有者無效』。」尹曉生唸出地圖下方的注意事項，「有了這個，我們就不怕進入不了其他國家的基地，看來真的撿到寶了。」

尹暮生點點頭，「那麼我們就先用雷達找出黑之國的基地，還有收集其他國家的情報，之後再從長計議吧。」

♚ ♛ ♜ ♝ ♞ ♟

自從尹暮生當上國王後，白之國再也沒有禁足令，不過爲免節外生枝，每個人還是得留在教堂裡，如果想出去需要充分的理由。

爲了監視其他國家的動向，他們在校園各處設立了哨崗，而成爲哨兵正是其中一個能夠名正言順離開教堂的方法。

韓品儒有事情想出去一趟，卻不想說明原因，於是他報名擔任哨兵，分配到的站崗時間是晚上八點。

到了八點，正當韓品儒要離開教堂去哨崗時，尹曉生忽然對他說：「我跟你一起去吧。」

「欸？我、我自己去就可以了。」

「兩個人一起站崗比較好，累了也可以輪流休息。」

「可、可是……」

「總之一起去吧。」

韓品儒微感焦躁，但若是強硬地拒絕只會欲蓋彌彰，於是他只能同意。

在與尹曉生一同離開教堂的前一刻，韓品儒感受到來自宋櫻的警惕眼神。

由於時序已是夏季，即使到了晚上八點，天色仍未完全暗下，落日餘暉映照著校園。

兩人來到位於家政大樓頂樓的哨崗，從這裡可以遠眺各個國家的基地。

往西望能見到白之國的基地，在夕陽之下，教堂猶如一座染血的巨大墳墓；往北望能見到紅之國位於教職員宿舍的基地，這幢樓高四層的建築像個方方正正的大盒子；往南望能見到早已杳無人煙的校史館，那是藍之國的基地；至於往東望則能夠見到黑之國的基地，那是一座風格古典的建築，正是這所學校的圖書館。

跟上一輪站哨的人完成交接後，韓品儒終於忍不住開口問尹曉生：「有、有什麼事嗎？」

尹曉生沉默了一下，反問：「你覺得白之國的大家怎樣？」

「沒、沒怎樣啊。」

尹曉生嘆了口氣，「我認為白之國有內鬼，或者該說是間諜。」

韓品儒驀地一凜。

「我們的基地位置之所以會被發現，肯定是某個人做的好事，我們必須把那個藏在白之國的間諜揪出來。」

「那、那你認為間諜是誰？」

「不是麥子就是諸葛吧。」

麥子的本名是麥子進，諸葛的全名則是諸葛明。

「他、他們看起來都不像會做那種事的人啊。」

「現階段我也只是懷疑而已。」尹曉生說，「我想請你幫忙監視他們，確認他們有沒有跟其他國家的人接觸。」

「監、監視是吧？我明白了。」

「還有，我打算在凌晨三點進攻紅之國。我們有雷達，在深夜作戰對我們更有利，是時候讓紅之國嘗嘗被入侵的滋味了。」

「這、這件事你跟大家商量了嗎？」

「我暫時只跟四個人說了，一個是我妹，一個是你，另外還有姜大勛和高浚。」尹曉生神情嚴肅，「我目前信任的人只有你們，其他人我打算在正式進攻前兩小時才告訴他們，以免人多嘴雜，走漏了風聲。」

「我、我知道了，這樣做確實比較妥當。」

尹曉生又再交代了幾句，叮囑韓品儒不要把進攻紅之國的事告訴其他人，韓品儒自然答應了。

「那我先回去教堂，辛苦你站崗了。」

待尹曉生的身影從視野消失，韓品儒這才放鬆了緊繃著的雙肩。

從剛才的對話來看，尹曉生明顯是在探他口風，稍有應對不慎，恐怕便會被當成間諜。同樣的一番話，尹曉生應該對不少有間諜嫌疑的人都說了。

不過對韓品儒而言，被當成間諜並不是最可怕的，最可怕的是他和宋櫻的「計畫」被拆穿。他們幾經波折才走到這一步，距離「計畫」的成功仍有一段漫長的道路，絕不能在這裡被擊倒。

韓品儒用雷達監視著尹曉生的動向，確定對方眞的離開後，又再等了好一段時間，這才離開哨崗前往他眞正想去的某個地方。

韓品儒拿出自己口袋裡的紙條，再次確認上面的文字。

晚上九點，獨眼少女喪命的地方見。

這張紙條是沈雪松在升變結束時偷塞給他的，韓品儒認出了那行雲流水的秀逸筆跡，是李宥翔所寫的字。

如果是其他人看到這張紙條，恐怕會一頭霧水，但韓品儒一看就曉得是什麼意思。

獨眼少女指的是巫綺蕾，她是在塔羅遊戲中慘死的一位同學。巫綺蕾因爲被霸凌導致失去了一隻眼睛，最終選擇在禮堂結束自己的性命，每當想起她，韓品儒都十分難過。

晚上九點禮堂見……宥翔到底在打什麼主意？韓品儒不禁納悶。

雖然明白這可能是一場危險的邀約，韓品儒還是決定前往禮堂。宋櫻得知後也沒有阻止他，只提醒他記得帶武器，要是他久久沒有返回基地，她會去找人。

來到禮堂門口，韓品儒確認了一下身上的武器，之後小心翼翼地走了進去。

禮堂裡沒有半個人，舞臺上的聚光燈卻是亮著的。韓品儒走上舞臺，聚光燈照著的地方有個紙箱，裡面傳出了「沙沙」的聲音。

韓品儒盯著紙箱遲疑了一陣子，接著把它打開，並且拿出裡面的東西——一臺對講機。

「喂、喂。」

對講機持續發出雜訊，過了一會，一道男生的嗓音從揚聲器傳來。

「沙……沙沙……品儒……沙……是你嗎……」

雖然夾雜著不少噪音，韓品儒仍然聽出這是李宥翔的聲音。

韓品儒拿著對講機，一邊檢視手機的雷達，卻看不到有任何黑色棋子出現在顯示範圍，李宥翔大概是在相當遙遠的地方。

「連對講機也有，你似乎準備得很充足。」

「沙……爲了這個遊戲，總是要做一點準備……沙沙……你和宋櫻不也事先調查過校園嗎……沙……」

韓品儒調校了一下對講機的降噪功能，並且走來走去嘗試找個訊號比較強的地方。

「找我有什麼事嗎？」

「恭喜你在升變中勝出，聽楊獨秀和沈雪松說，那是一場很驚險的試煉，你能夠通過實在不簡單。」

「那張紙條是你在升變之前交給沈雪松的吧？你爲什麼會知道我是士兵，還決定參加升變？」韓品儒對於這點甚是疑惑。

「我自有收集情報的方法。」

「那個，假如你只是想恭喜我贏了升變，那我先掛了。」

「既然你都來到了這裡，我不信你會因爲一兩句不相干的閒談而離開，不過我也打算切入正題了。你要不要加入黑之國？」

「加入……黑之國？」

「如果你分析過目前的形勢，應該會曉得黑之國是最強大的國家。這場遊戲的勝利者將會是黑之國，輸掉的國家會全員死亡，我不希望你是其中一個。」

「黑之國可能稍微領先了一點，不過勝利者不一定就是你們。」

「不，黑之國一定會獲勝。」

「爲什麼？」

「因爲有我在。」

若這句話是由其他人來說，韓品儒肯定會認爲那個人過於狂妄，可是由李宥翔說出來，這句話卻好像一點誇大的成分也沒有。

「想要說服人的話，當面遊說才是有誠意的做法吧，爲什麼你不到禮堂來？」

「因爲被其他人看見我們在一起會很麻煩。」

「你不是想讓我加入黑之國？」

「是的，但不是現在。如果你眞的決定加入黑之國，我希望你能再待在白之國一陣子，之後我會找個適當的時機讓你過來。」

韓品儒漸漸聽出了他的話中話。

「與其說你希望我加入黑之國……不如說你想要我替黑之國當間諜。」

「假如你答應加入黑之國，爲國家效力不是很正常的事嗎？」

韓品儒沉默了一會，「宥翔，我想問你一件事。」

「你問吧。」

「你有沒有那麼一刻，不是把我當成一顆可利用的棋子，而是當成一個同學，一個……朋友來看待？」

「在這場遊戲裡，我們每個人都是棋子，沒所謂利用不利用。」

「宥翔，我實在越來越不懂你了。」韓品儒低聲說，「當我以爲我們是敵人時，你卻拯救了我，就像在撲克遊戲結束時那樣，可要說我們是朋友……你我都明白我們是回不到這種關係了。我搞不清楚你的話裡究竟有幾分眞假，也不知該不該信任你。」

輪到對講機的另一端陷入沉默，揚聲器持續傳出單調的白噪音，正當韓品儒以爲已經斷聯的時候，李宥翔的聲音又回來了。

「其實一直以來，我都希望……沙沙沙……」

對講機的收訊突然變差，李宥翔的下半句話韓品儒一個字也聽不見。

「算了，怎樣都好，我似乎不太適合加入黑之國。如果你沒有其他話想說，我眞的要走了。」

韓品儒這次說的是眞話，他已經離開哨崗好一段時間，再不回去就糟了。

「沙……不是只有你們在探索『遊戲』的眞相，我也有去歷史博物館……我大概知道你和宋櫻在策劃什麼，你們是絕對不會成功的……沙沙……」

韓品儒的心跳頓時漏了一拍。

「我……不曉得你在說什麼，我關對講機了。」

韓品儒不敢再多言，直接關閉對講機放回紙箱裡，走下舞臺離開了禮堂。

當他要返回家政大樓時，忽然發現遠方的溫室裡有兩道身影，其中一個是白之國的人，至於另外一個……他認爲有必要跟尹曉生說一聲。

♚ ♛ ♜ ♝ ♞ ♟

到了凌晨一點，將軍遊戲踏入第三日，遊戲已經進行了四十小時，距離結束還有三十二小時。

白之國眾人以國王尹暮生爲中心，聚集在大廳的祭壇前方。

「各位同學，我們將在兩小時後正式向紅之國開戰，請做好準備。」

聽了尹暮生的宣布，男生們爆出一陣歡呼，終於等到向紅之國報仇雪恨的一刻，他們皆是興奮得渾身熱血沸騰。至於女生們則大多在竊竊私語，神情頗爲不安。

「我們將會分成三個部隊來行動，首先是——」

一名女生突然開口，打斷了尹暮生的話：「我們非參加不可嗎？」

這名女孩的名字是周小喬，她擁有一頭奶茶色鬈髮和巴掌大的小臉，大大的眼睛配上長長的睫毛，如果沒有露出厭煩的表情，可算得上是個相當可愛的美少女。

在她身旁的是數名露出相同表情的女生，她們都對戰爭很是抗拒。

「是的，希望大家都能爲白之國出一份力。」尹暮生誠懇地表示，「我明白大家會有所顧慮，可是我們眞的很需要每個人的力量，請妳們諒解。」

「妳是國王陛下，不用上場作戰，當然可以說得這麼輕鬆。」

「嘴巴說說有誰不會，有些人就是站著說話不腰疼。」

「把別人推到前線送死，自己爽爽留在後方，眞是聰明呢。」

周小喬和她的朋友們連珠砲似的以言語攻擊，尹暮生一時間竟無言以對，露出了窘迫的表情。

此時宋櫻突然上前，在她們面前解開制服襯衫的扣子，露出了腰間。

白皙的肌膚上除了櫻花刺青外，還有道極其猙獰可怖的傷痕，讓人看了一眼就不忍再看，受了這樣的傷居然還活著簡直就是奇蹟。

「之前我被人砍了這一道，差點沒命，那個人就是妳口中所謂『不用上場作戰的國王陛下』。」宋櫻冷冷地對周小喬說，「妳的樣子還滿好認的，不過當時我倒是沒看到妳，妳那時在哪？」

周小喬臉上閃過一絲慌亂。在教堂被攻打時，她老早就和朋友們一起躲在洗手間裡，不但沒參與作戰，甚至連敵人的樣子也沒看見。

「這……這個不用妳管！總之我們是不會上場的！」周小喬態度強硬，「女生本來就不適合做這種喊打喊殺的事，你們要玩戰爭遊戲就自己去！」

「算了，就讓女生們全部留在教堂當後勤吧。」一名男生跳出來當和事佬，「強行讓沒有作戰意志的人上場，也只會拖累其他人。」

「現在他媽的是在打仗，又不是在辦運動會！」另一名男生煩躁地反駁，「打仗還要分男子組女子組不成？」

「眞好啊，女生不用拚命，只需坐享其成就好，倫家也要當女森～」還有一名男生諷刺她們。

「你又不是女生，你懂什麼？」一名女孩大聲道，「女生和男生的體格差那麼多，即使雙方都有體能增強，到頭來還是有差距，要女生上場根本就是想讓我們白白送死！」

戰爭還沒開始，教堂內已是一片劍拔弩張，男生和女生針鋒相對、怒目而視。

「那個……雖然我是女生，但我從小學習桑搏，差不多有十年了。」一個綁著丸子頭的女孩突然出聲，「別的我不敢說，光論徒手格鬥的話，我有自信不會輸給一般男生。」

這名女生在班上向來低調，這還是她第一次主動在眾人面前說話。

尹暮生對她點點頭，接著向所有人說：「各位同學，所謂覆巢之下，焉有完卵，沒有人能夠在戰爭裡置身事外，我們的命運被緊緊地連繫在一起，誰也離不開誰。每個人都必須爲這個國家作出貢獻，無論有沒有能力、無論能力是大是小。」

尹暮生站在祭壇上俯視白之國眾人，月光透過花窗玻璃灑落在她身上，猶如天使親手爲她披上七色羽翼。

「昨晚我們被兩個國家圍攻依舊能屹立不倒，今晚我們會再次創造奇蹟，我們會讓紅之國付出他們該付的代價！」

尹暮生雙手握成拳頭，眼神和語氣都透露著堅如磐石的決心。

「爲了活下去，爲了守護彼此，這場戰爭我們不能輸，我們一定要贏，我們白之國——二年B班絕對會是將軍遊戲的勝利者！」

眾人被尹暮生的魄力所感染，紛紛鼓躁起來，爲白之國打氣喝彩。

正當尹暮生在大廳裡向眾人宣布進攻紅之國的同時，她的哥哥尹曉生則在地窖主持著一場同樣重要的刑訊。

這個地窖據說曾是二戰時期的防空洞，如今則是個普通的倉庫。

此刻這裡有三名男生，其中一個被牢牢綁在木柱上，另外兩個則是韓品儒和尹曉生。

「你們到底想幹麼?快放了我！」被綁著的高大男生相當氣憤。

「剛才你偷偷跟某個人碰面，不解釋一下嗎？」尹曉生冷冷地問。

「我根本不曉得你在說什麼！」男生狠狠瞪著他。

「韓品儒親眼見到你在溫室跟紅之國的人碰面，你別想詆賴。」

「那是他誣衊我！」男生忿忿地駁斥，「不然就是他看錯！」

「我、我就知道你會這樣說。」韓品儒調出手機裡的某段影片，展示在對方面前，「這、這是我拍到的，可惜距離太遠，沒能錄到聲音。」

那名男生看到影片後臉色一僵，但仍試圖強辯：「那……那傢伙想從我身上套話，不過我什麼都沒說！」

「那你爲什麼沒有把這件事說出來？」

「我就是怕會變成現在這樣才沒說啊！」

無論尹曉生怎樣質問，甚至提出了證據，這名男生始終各種狡辯，讓人拿他沒辦法。

「我給你最後一次自白的機會，你究竟把白之國的事情洩漏了多少出去？」尹曉生沉著臉問。

「無論你問多少次，我的回答都一樣。」那名男生咬牙切齒，「我、不、是、間、諜！」

尹曉生和韓品儒對視一眼，之後嘆了口氣。

「老實說，大家同學一場，我實在不想做到這種地步，可惜似乎沒有其他選擇了。」尹曉生沉聲表示，「你知道這個遊戲是有階級制度的吧？下級必須服從上級的命令，條件是不能超出那人的能力範圍。」

男生露出不安的表情，「你……想做什麼？」

「此外由於命令對心智無效，因此我無法命令你說出眞相或者不准說謊，但我還是有很多事情可以讓你做。比如說，我可以『命令』你不准呼吸。」

尹曉生說完，那名男生的呼吸瞬間被奪走，被迫屏住了氣息。

「你還記得生物課教過的內容吧？人類的呼吸可分爲有意識和無意識兩種。前者例如我們在游泳時會刻意控制氣息，這就是有意識呼吸；後者例如我們在睡覺時，不會有意識地控制呼吸，但我們也不會因此窒息，因爲腦部會配合身體需求自行調節呼吸。」

尹曉生一字一句解說著的同時，一分鐘漸漸過去，那名男生的神情開始變得難受起來。

「命令在超出能力範圍時就會失效，那麼你的能力範圍會到哪裡呢？你的體能相當不錯，應該可以撐滿久的吧？」

男生的表情因痛苦而扭曲，臉部肌肉糾結，很明顯快要到達極限，結果他只撐了三分鐘左右，命令便自動解除，然而這已經是比大多數人都要好的成績了。

「呼哧……呼哧……呼哧……」

男生立刻大口大口地喘氣。

「我再問你一次，你到底跟紅之國的人說了什麼？」尹曉生冷冷問。

男生喘了好一會後，才斷斷續續地說：「我……我……什麼……都……沒……」

「看來你要繼續挑戰自己的極限了。」

尹曉生再次命令那名男生不准呼吸，等他撐不下去再進行盤問，如此反覆數次，對方整個人像是耗盡能量般虛脫，頭昏眼花、臉色發紫，幾乎要暈厥。

「等、等一下，不要再折磨他了！」韓品儒似乎有點看不下去，在尹曉生第五次讓男生閉氣時阻止了他，「再、再這樣下去他會死的，我們可是同學啊！」

「除非他肯招供，否則我不會停下來。」尹曉生冷酷地表示。

「請、請你快點說出眞相吧。」韓品儒懇求那名男生，「只、只要把一切都說出來，你就可以解脫，不必再受苦了。」

韓品儒和尹曉生故意一個扮白臉一個扮黑臉，試圖讓那名男生卸下心防，可是那名男生仍然相當堅持，不肯承認自己是間諜。

這有兩種可能性，一個是這名男生眞的是無辜的，因此怎樣逼供也不會有用；一個是這名男生確實是間諜，然而他意志力驚人或另有苦衷，才寧死都不肯招認。

尹曉生想了想，決定改變策略。

「好吧，我相信你了。」他拍拍那名男生的肩頭，「看來你眞的是清白的，不過爲了安全起見，我還是不能讓你離開，至少要等到我們拿下紅之國。」

聞言，那名男生眼底掠過一絲焦慮。

「說起來，自從這個該死的將軍遊戲開始後，沒發生過一件好事。」

尹曉生長長地嘆了口氣。

「在這個遊戲裡，我唯一慶幸的只有我跟我妹在同一國。如果我妹不在白之國的話，恐怕我會戰意全失，甚至希望白之國直接輸掉，好讓她能夠勝出遊戲……只要是有重要之人在其他國家的人，應該都會這麼想吧？」

韓品儒認同地點頭，「當、當初我得知宋櫻在紅之國時，也緊張得不知如何是好，幸好後來我們透過『升變』團聚了。」

韓品儒和尹曉生一面交談，一面偷偷觀察著那名男生的反應，並發現他的表情慢慢變得僵硬。

「聽宋櫻說，紅之國的國王是傅碁，在那邊的女生可慘了。假如我妹在紅之國，哪怕丟了這條命我也會把她救出來，不讓傅碁碰她一根頭髮。」

「可、可是你能有什麼方法？」韓品儒刻意問，「傅、傅碁說不定還會用她來要脅你，逼你爲紅之國賣命。」

「傅碁是什麼貨色人人皆知，那傢伙不可能遵守承諾，爲他賣命只會落得被過河拆橋的下場。」尹曉生毫不留情地批評傅碁，「這種人是不見棺材不掉淚，對付他只有一個方法，直接殺進紅之國用武力逼他就範。」

「可、可是紅之國被滅的話，你妹不就活不成了？」韓品儒又問。

「只要活捉傅碁，逼他使用兌子就可以了，要是他不肯，沒什麼是一把刀解決不了的。」

那名男生聽得十分專注，一副很希望他們繼續談下去的樣子，尹曉生卻在這裡打住。

「哎，說了許多無聊的假設呢。」尹曉生笑了笑，「這些事情怎可能發生呢？我們此刻都沒有重要的人在紅之國，不是嗎？更別說替紅之國當間諜了。」

「嗯。話、話說我們是時候回去大廳了，得爲接下來的進攻做準備。」韓品儒提醒。

尹曉生對那名男生說：「總之你就留在這個地窖休息吧，順帶一提，這是『命令』。等紅之國滅亡後，我會釋放你的。」

韓品儒和尹曉生走向地窖出口，正要開門時，身後傳來了那名男生的聲音。

「等……等一下……」

「什麼事？」尹曉生轉頭問。

「那個……關於間諜，我有些事情……想對你們說。」男生低聲道，「你們……能聽一下嗎？」

「沒問題，你有什麼想對我們說呢？」尹曉生微微一笑，「高浚。」

♚ ♛ ♜ ♝ ♞ ♟

黑夜降臨大地，爲萬物披上厚重的陰影。

雖然已是深夜，校園裡並非伸手不見五指，除了到處都有路燈和步道燈外，部分建築的外牆還安裝了緊急照明燈，就算不使用手電筒也不會看不到路。

在夜色最爲深沉的凌晨三點，白之國的先遣部隊正式從教堂出發，前往黑之國所在的圖書館。

這支隊伍總共有八個人，成員包括韓品儒、宋櫻、程朗、麥子進、諸葛明等等，由於王后宋櫻的階級最高，因此隊伍由她負責帶領。

今晚是個不折不扣的夏夜，沒有半絲涼風，悶熱得使人透不過氣。他們流的汗幾乎是平時的兩倍，衣服溼答答地黏在身上，難受得很。

一行人戒備著四周，在校園裡緩緩前進，雖然不需要刻意壓抑動作和聲音，但因爲緊張的關係，眾人都不由自主地放輕了腳步。

廣闊的校園裡杳無人煙，陪伴著他們的只有蟲叫蟬鳴，而隨著他們漸漸靠近位於校園中央的大型噴泉，還能隱約聽見青蛙呱呱叫的聲音。

繞過噴泉，他們只要再經過庭園和兩座大樓便會抵達圖書館。當走過一排杏樹時，隊伍中某個人忽然發出「啊」的一聲慘叫，聲音劃破了寧靜的空氣。

眾人齊齊轉過頭，原來是程朗。

「有……有條毛蟲……掉到我身……」

見大家狠狠地瞪著他，一副恨不得把他吞掉的樣子，程朗馬上住了嘴。

韓品儒調出手機的雷達，發現有兩名黑之國和紅之國的士兵正在地圖上急速移動，明顯是發現了他們的行蹤，正在趕回各自的基地報告。

各人繼續握緊手裡的武器，往黑之國挺進，隨著隊伍和圖書館間的距離逐漸縮短，韓品儒回想起之前在教堂地窖裡的對話——

「那個……我確實是在替紅之國當間諜。」

籃球社的王牌高浚深深低著頭，不敢看韓品儒和尹曉生。

「爲什麼？」尹曉生問。

「正如你們所說的那樣，紅之國有個對我來說十分重要的人。」高浚低聲說，「那個人希望我所在的白之國能勝出遊戲，於是偷偷拖紅之國的後腿……結果被傅碁發現了。傅碁利用那個人要脅我，逼我爲紅之國當間諜。」

「那個人是你的戀人嗎？」

高浚臉色一僵，「是……是戀人沒錯，不過我們沒有公開彼此的關係。」

「所以你到底說了多少白之國的事出去？」尹曉生又問。

「宋櫻投靠了白之國、我們的禮物是雷達、凌晨三點出發攻打紅之國……差不多所有事情都說了。」高浚的表情十分慚愧。

「一開始把我們的基地位置洩露給其他國家的也是你嗎？」

「不，那件事跟我無關，我可以發誓。」高浚堅定地搖頭。

「那就奇怪了……」尹曉生摸著下巴沉吟。

「真的很對不起……」高浚誠懇地道歉，「我明白出賣國家是不對的，可是除了服從傳單外，我想不到其他可以拯救那個人的方法了……」

看著這樣的高浚，韓品儒和尹曉生都不忍苛責。

「如果可以，請用兌子救那個人，我願意被換到紅之國去，求求你們了……」高浚苦苦哀求。

「換是可以換，但你要先幫白之國一個忙。」

「幫忙？」

尹曉生微微一笑，「告訴紅之國，白之國臨時改變主意不攻打他們了，我們要改為進攻黑之國。」

走了好一段時間，韓品儒和宋櫻等人終於抵達黑之國的基地——圖書館的外面。

這邊有大片青翠的草坪，還有花圃和涼亭，平時有不少學生喜歡在此處聊天乘涼，不過今晚大概沒人會有這種閒情逸致。

他們在涼亭附近停下來，雖然距離圖書館前方的臺階仍有好一段距離，但已可隱隱感受到裡面散發出的肅殺之氣。

他們都知道，來到這裡已經是黑之國所能容忍的極限，只要他們再往前一步，就會被視爲戰爭行爲，戰鬥將隨時一觸即發。

韓品儒等人並未繼續向前，而是停留在原地，等待著某種訊號。

他們一邊保持戒備，一邊耐心守候，連大氣也不敢喘一下。韓品儒彷彿聽見了自己擂鼓似的心跳聲，甚至是汗水從皮膚滑下，滴落在地的聲音——

轟！

遠處突然爆出一聲震天價響，接著是咆哮和打鬥聲，韓品儒等人頓時一凜。

眾人看向宋櫻，當她做出向遠方進發的手勢後，他們立刻調頭離開，朝紅之國基地——教職員宿舍急奔而去。

抵達樓高四層的教職員宿舍，只見烽煙四起，白之國的另一支隊伍正在和紅之國激戰中。宿舍內到處都是廝殺的身影，鮮血濺上了窗玻璃，慘叫、咒罵、怒吼、哭號聲夾雜在一起，可想而知裡面的戰況有多麼慘烈。

韓品儒等人沒有進入宿舍，而是按照先前擬定好的策略，埋伏在後門守候。雷達上顯示宿舍裡有大量白色和紅色棋子，每當兩顆不同顏色的棋子相遇，接著總會有一顆消失。當紅色棋子變得越來越少，並且開始四散逃竄時，他們都忍不住爆出了小小的歡呼聲。

白之國的作戰策略是把所有人編成三支部隊，第一支部隊是「佯攻部隊」，這是最先出發的隊伍，由宋櫻帶領，他們的任務是假裝進攻黑之國，到了圖書館外再折返紅之國，進行埋伏。

第二支部隊是「主攻部隊」，這是第二批出發的隊伍，由姜大勛帶領。他們先是假裝成進犯黑之國的第二波攻擊，稍微繞了一段遠路再殺向紅之國，此刻在教職員宿舍裡跟紅之國激鬥的正是他們。

第三支部隊是「堅守部隊」，這隊由尹氏兄妹帶領，留守在教堂裡，以防其他國家偷襲，並在適當時刻爲另外兩隊提供支援。這支部隊人數極少，韓品儒曾經向尹曉生表達他的憂慮，但尹曉生只是露出胸有成竹的表情，要他不用擔心。

白之國能夠快速攻陷紅之國的基地，高浚作爲反間功不可沒。尹曉生說服他成爲雙面間諜，利用他放出假消息給紅之國，讓他們以爲白之國的目標是黑之國而疏於防範，結果被殺了個措手不及。

「傅、傅暑要逃走了！」

見紅色的國王棋子正在往宿舍後門移動，韓品儒趕緊提醒同伴們，眾人隨即屏氣凝神，啟動各自的能力做好戰鬥準備。

宿舍後門「砰」地打開，下一秒映入眼簾的卻不是傅暑，而是一道令人毛骨悚然的身影。

那道身影高約兩公尺，長約四公尺，全身主要由軀幹和尾巴兩個部分組成，並且擁有堅硬的金屬甲殼，外觀如同一隻巨大的機械蠍子。

它那辮子般高高翹起的尾巴末端有根尖刺，閃動著教人心顫的光芒，附在軀幹的四對肢節步足鋒利得有如剛出鞘的刀刃。最嚇人的莫過於那對位於最前方、正在不斷開合的巨型鉗狀螯肢，使人忍不住聯想到它們把人類分屍的情景。

眾人全都嚇得呆住，不確定這些機械蠍子是傭兵還是武器，接著一道殘影掠過，一名白之國男生被蠍子鉗住了身體。

那名男生不斷掙扎慘叫，「嚓嚓」幾聲，他的身體隨之斷成數截，鮮血內臟迸流一地。

一名女生被這一幕嚇得兩眼發直，僵立在原地，就連巨鉗的黑影正在籠罩著她也渾然不覺。

「快避開！」

宋櫻衝過去把女生撲倒在地上，險險避開了從她們頭頂橫掃而過的巨鉗。

機械蠍子迅速轉身，鞭子般的尾巴破空一掃，往韓品儒劃了過去。韓品儒趕緊閃避，依附在尾巴末端的尖刺仍然劃破了他的頭盔，製造出讓人牙齦痠軟的金屬聲。

韓品儒的心臟瘋狂地跳動著，要不是他處於人馬狀態，從頭到腳披著裝甲，被劃破的就不只是頭盔，而是他的頭骨了。

「一隻……兩隻……三隻……四隻……」機械蠍子從宿舍後門傾巢而出，程朗見狀克制不住嗓音裡的顫抖，「天哪……到底有多少……」

不一會，韓品儒等人便發現自己身陷羅網，他們背對背站成一圈，被多達八隻機械蠍子重重包圍。

「布陣！」

宋櫻發出命令，眾人聞言努力壓抑著恐懼的心情，各就各位擺好了陣式。

城堡麥子進築起電磁防禦牆，將所有人包圍在內；主教程朗施展凍結魔法，限制機械蠍子的行動；騎士韓品儒則手執長矛，看準機會刺入蠍子的身體。

王后宋櫻的武器是寶石權杖，她一邊閃避機械蠍子的攻擊，一邊在權杖頂端聚集能量，只見那裡出現了一顆小小的藍色光球，而後越來越大，猶如一個迷你太陽。

沒多久，當能量球聚集得差不多了，宋櫻便一揮權杖，藍色光球隨即如炮彈般射了出去，直接擊中蠍子的腹部。

腹部似乎是機械蠍子的核心所在，那裡被能量球燒出一個大洞，還冒出滾滾青煙。機械蠍子掙扎了一會，像醉漢走路似的搖來晃去，最後倒在地上化作一堆廢鐵。

發現機械蠍子並非想像中那樣堅不可摧，所有人士氣大振，繼續發揮團隊精神，各司其職，很快再度打倒一隻。

混亂之中，一個腦滿腸肥的身影悄悄出現在宿舍後門，在兩名紅之國成員的掩護下奔向了夜色。

「那是傅碁！」程朗喊道，「他出來了！」

「活捉傅碁是我們的任務，絕對不能讓他逃掉。」宋櫻對韓品儒說，「這裡有我就夠了，你和其他人去追那混蛋。」

機械蠍子已經倒了三、四隻，此外教職員宿舍裡的紅之國成員也被擺平，主攻部隊的成員正在趕來幫忙，於是韓品儒應了聲「好」，帶著程朗和麥子進一起追擊傅碁。

傅碁和他的殘黨在校園裡沒命地逃竄，他們對教職員宿舍附近的地形相當熟稔，很快便利用各種遮蔽物甩掉了韓品儒等人。不過由於白之國擁有雷達，他們的位置很快就再度被鎖定。

「他們在噴泉那邊！」程朗看著雷達大喊。

韓品儒等人趕往噴泉，在這裡他們又一次分工合作，城堡擋下攻擊，主教凍結敵人，騎士給予致命一擊。

雙方激戰了好一會，傅暠逐漸變得勢單力薄，當他的最後一名手下倒地不起後，他也正式被韓品儒等人擒獲。

「你這混蛋也有今天！」

「昨晚派人打我們打得那麼爽！」

程朗和麥子進一邊痛罵傅暠，一邊把他當成沙包般拳打腳踢。

「放過我吧……求求你們……行行好……」

傅暠肥胖的身軀縮成一團，抱著頭不住求饒，那副模樣說有多可憐就有多可憐。可惜韓品儒並不買他的帳，一想到傅暠對宋櫻和其他女生做過的事，他便不覺得他值得同情。

「那、那些被你欺負的女生，應該也這樣對你說過吧？」

「嗷嗷嗷嗷嗷嗷嗷嗷嗷！」

韓品儒一咬牙，狠心地用長矛刺進傅暠的胯部，令傅暠發出殺豬似的慘叫。

「國……國王入堡！」

傅暠在劇痛之下高喊了一句，剎那間他從韓品儒三人眼前消失，取而代之的是一名右眼下方有著紅色城堡烙印的男生。

那名男生顯然搞不清發生了什麼事，滿身血汙的他只是驚恐地環顧圍繞他的人。

「國王入堡」可以讓國王和其中一名城堡的位置進行交換，這名男生正是傅暠換來的替死鬼。

韓品儒查看雷達，只見象徵傅碁的紅色國王棋子出現在教職員宿舍，接著立刻有一堆白色棋子把他重重包圍。傅碁自作聰明使用「國王入堡」，卻是剛出虎口，又入狼穴。

韓品儒鬆了一口氣，對其他人說：「結、結束了，我們回去教堂吧！」

♚ ♛ ♜ ♝ ♞ ♟

「歡迎回來。」

宋櫻比韓品儒更早返回教堂，她帶著淡淡的微笑走向他，宛若神話中迎接戰士歸來的女武神。

「妳還好嗎？沒受傷吧？」韓品儒緊張地關心。

「傷是有傷，但不礙事。」宋櫻搖搖頭，「只要能夠打敗傅碁，一切都值得。」

「你們都辛苦了。」尹曉生也走過來，「多虧大家的努力，我們終於向紅之國報了仇。」

「這、這裡沒發生什麼事吧？」韓品儒問。

「正如我們所預計的，紅之國以爲我們要攻打黑之國，於是派了人來偷襲。」尹曉生回答，「不過我們早有準備，很快就把他們擺平了，連喪屍兵也不需要出動。」

尹曉生指了指角落裡的幾個人，他們臉上均有紅之國的烙印，除了一名男生似乎陷入了昏迷，其他人都明顯已經斷氣。

「堅、堅守部隊人數最少，我原本還怕你們會有麻煩，看來是白擔心了。」韓品儒放下心來。

「放心，萬一真的遇到解決不了的情況，我還有後著。」

「後、後著？」

尹曉生微微一笑，朝拱門後方道：「請過來吧，國王陛下。」

一名茶髮男生從拱門後現身，神情陰鬱卻堅定，正是藍之國唯一的成員，國王羅浮。

「多虧羅浮答應借他的傭兵給我們，讓我們在攻打紅之國時沒有後顧之憂，雖然這次用不著就是了。」尹曉生表示。

「廢話少說，我借給你們是有原因的。」羅浮冷酷地開口，「如果你們和紅之國兩敗俱傷，那就會剩下黑之國獨大，無論如何我都不會讓黑之國勝出遊戲，特別是白修羅那殺千刀的混蛋！」

「敵人的敵人就是朋友，對吧？」尹曉生一改先前的態度，討好地說，「那麼是時候來處理最後的事了。」

傅碁被迫跪在祭壇前面，被五花大綁的他活像一塊綁起來的東坡肉，白之國的成員們圍繞著他，臉上全都帶著極度不屑的神情。

「我們要跟你交換紅之國的一個人，你知道是誰吧？」尹曉生問他。

傅碁就是不知道也得知道，他戰戰兢兢地回應：「如……如果我答應兌子，你們會放過我嗎？」

尹曉生狠狠踢了他一腳，「你沒資格跟我們談條件！」

尹暮生露出猶豫的表情，詢問高浚：「那個……你真的要使用兌子，把自己換到紅之國去嗎？」

「沒錯，我已經決定了。」高淩斬釘截鐵地答。

見高淩的態度如此決絕，尹暮生只好輕觸手機畫面的「兌子」，勾選了他的名字，而傅暑也在尹曉生的脅迫下選了一個名字。

完成兌子的刹那，高淩臉上的烙印從白之國的騎士變成紅之國的主教，而躺在地上的某個紅之國成員——一名男孩——其右眼下方的烙印則是由紅之國變成了白之國。

韓品儒以爲高淩的戀人是個女生，豈知原來是男生，其他人也是第一次得知高淩和這名男孩有著這樣的關係，均是露出詫異的表情，亦有人暗皺眉頭。

紅之國此刻只剩下兩個人，那就是國王傅暑和主教高淩。

「我做好心理準備了，妳隨時可以讓紅之國消失。」高淩告訴尹暮生。

尹暮生沉默了一下，把目光投向躺在地上的那個男生。

「如果他醒來後發現你不在了，恐怕會很難過。」她低聲說，「傅暑傷害了太多人，我們無法留著他，但你可以發動革命取代他成爲紅之國的國王，活到這個遊戲的最後一刻。」

「謝謝妳。」高淩忍不住鼻酸，「謝謝……」

「等……等一下！不要——」

傅暑的話尚未說完，高淩便發動革命處決了他。高淩臉上的紅色烙印再次發生變化，從騎士變成了國王。

紅之國最終也只剩下國王一人，這場紅白大戰正式落幕。

成功擊敗紅之國後，白之國舉辦了一場小小的慶功宴。

他們都受夠了葡萄汁和餅乾，於是去其他地方搜刮了不少零食飲料，在教堂裡大吃大喝起來。所謂「兵馬未動，糧草先行」，塡飽肚子在任何戰爭裡都是極爲重要的一環。

白之國全國上下的士氣相當高漲，他們興奮地回味著與紅之國的激戰，沉浸在勝利的喜悅當中。

「多虧大家的努力，我們終於戰勝了紅之國，爲死去的同伴報了仇。」尹暮生微笑著對眾人表示，「接下來只要再下一城，打敗黑之國，白之國就能成爲將軍遊戲的勝利者了！」

眾人舉杯應和、大聲歡呼，高呼著「白之國必勝」、「白之國萬歲」等口號。

「趁著這股氣勢，我們乾脆現在就去把黑之國也滅掉吧！」

「他們沒有實戰經驗，大概很容易對付。」

「黑之國一直龜縮在基地裡，會不會是嚇破膽了？」

「他們是以爲能夠坐收漁翁之利吧？一群狡猾的懦夫！」

「喂喂，你們這些人沒聽過『驕兵必敗』？輕敵可是會倒大楣的。」尹曉生不禁搖頭。

「如果可以，我們應該避免開戰，我們不能再損失任何同伴了。」尹暮生也說，「雖然黑之國應該不會接受，我覺得還是可以給他們一個投降的機會。假如他們願意投降，那是最好；假如他們堅決不從，我們也別無選擇了。」

在熱烈的氛圍當中，某個角落顯得甚是冷清。韓品儒和宋櫻並沒有跟著大夥兒起鬨，而是待在大廳偏僻的一隅，抽離地旁觀著這一切。

「從目前的情勢來看，『計畫』應該可以順利進行。」宋櫻用耳語般的音量說。

「嗯……」

這兩天以來，韓品儒和白之國眾人一起經歷了許多風風雨雨，多少產生了革命情感，尤其是對尹暮生，當想到「計畫」達成時的光景，韓品儒的心頭便不由得五味雜陳。

過了好一陣子，歡騰的人群裡突然傳出一道啜泣的聲音。

「是不是贏了黑之國……我們就可以回家了？我好想回家……」一名綁著雙馬尾的女生哽咽著問，「爸爸……媽媽……我好想你們……」

原本鬧哄哄的廳堂，因為這句話在一瞬間變得安靜。

想起家人，眾人的眼眶都漸漸紅了起來。這兩天殘酷的戰爭幾乎使他們忘記了自己真正的身分，他們其實不是什麼士兵，只是不幸被捲入生存遊戲的普通高中生。他們都有親人，也有等待著自己回去的家。

「是的……只要大家再堅持一下，再過一天就可以回家了。」尹暮生輕聲安撫，「到時候，所有噩夢都會結束，我們……也會回到日常生活。」

雖然心知經歷了這一切後，要完全回歸日常是不可能的，然而尹暮生還是許願般地說出了這番話。

慶功宴在微妙的氣氛中落幕，每個人都滿懷心事，韓品儒和宋櫻對視一眼，陷入了漫長的沉默。

006 殘局

當將軍遊戲來到第三天晚上十一點多時，有兩道身影悄悄離開了教堂。

那是韓品儒和宋櫻，他們避開了校園內的所有光源，隱藏在暗影之中，緩緩地向目的地進發。一路上他們不斷透過雷達留意四周的動靜，並且用外套小心遮擋著手機發出的光芒。

兩人順利抵達行政大樓，進去後依循指示牌來到一個有著無數電表的房間。他們開啟手機的手電筒功能，在房間裡照了照，很快找到了目標物。

「整個校園的電閘總開關……是這個吧？」韓品儒問。

宋櫻點點頭，「嗯，等時間到了就把它拉下來吧。」

距離約定的時間還有大約二十分鐘，於是兩人在房內靜心等待，享受著這片刻的寧靜。

韓品儒在房間裡左右張望，接著像是想到了什麼，嘴角揚起一絲笑意。

「在笑什麼呢？」宋櫻問他。

「我想起之前我們也待過類似的地方。」韓品儒回憶著，「那時候我在校舍走廊被吳美美追殺，妳用『隱者』救了我，把我拉進一間機房，之後還罵我是笨蛋。」

宋櫻也想起來了，那是發生在塔羅遊戲的事，雖然距離此刻不過半年左右，卻彷彿已是遙遠的記憶。

「你記得可真清楚。」宋櫻微微一笑。

「在塔羅遊戲和撲克遊戲發生過的一切我都記得，或者該說，我忘不了。」韓品儒的嗓音寂寥，「起初我以為記得最清楚的，會是大家一一逝去時的情景，但不知是看多了還是麻木了，那些情景在我的腦海裡都不是最深刻的。」

「那對你來說，最深刻的情景是什麼？」

韓品儒沉默了一會，接著深吸一口氣。

「泳池旁邊、校舍頂樓、走廊上、瓦礫中、櫻花樹下……每一個有妳在的情景。其實不光是景象，就連聲音、氣味、觸感、內心感受……每個細節我都能清楚地回想起來。」

宋櫻的表情仍是一貫的冷淡，瞳孔深處卻彷彿有光點在閃爍。

他們始終沒有釐清彼此的關係，接二連三的厄運逼得他們把自身小小的情感糾結放到一旁，將所有心力都放在「遊戲」上。

但是今晚就是最後了，他們比誰都更清楚，如果此刻不吐露眞心，以後多半不會再有機會。

他們一起度過了無數生關死劫，在手牽手、肩並肩、背對背的時候都毫無窒礙，然而當面對彼此最眞實的感情時，卻忽地卻步了。

房間裡很安靜，安靜得幾乎能聽見心跳的聲音。空氣莫名變得燥熱，氳氤著曖昧的粒子，濃度正一點一點地升高，彷彿隨時都會擦槍走火。

時間不知不覺流逝，最終，他們還是沒說出藏在心底的話語。

當距離十二點整只剩下不到一分鐘時，宋櫻低聲開口：「是時候了。」

韓品儒點點頭，把手放在電閘的開關上，「噠」一聲用力拉下。

今夜星月無光，當一切電力供給都被切斷後，整個校園便黑得像深淵一樣。

下午時白之國向黑之國送去了勸降書，一如所料並未收到答覆，於是所有人繼續緊鑼密鼓備戰，準備和黑之國一決勝負。

爲了將雷達的優勢發揮到最大，白之國再次選擇了在深夜發動攻擊，並且計劃在進攻前讓全校大停電。

他們可以使用雷達觀察環境、定位敵人，摸黑行動不是問題，除非黑之國的禮物也是雷達，否則這樣漆黑的環境將會大大削弱對方的戰鬥力。

當韓品儒和宋櫻完成切斷全校電力的任務後，便馬上和負責進攻的部隊會合。

白之國的部隊分成左右兩路，從側面對圖書館進行包抄，而黑之國的成員早已在圖書館外嚴陣以待。

隨著隊伍的首領——姜大勛身先士卒地打倒一名黑之國士兵，戰爭的序幕正式揭開。

兩國軍隊猶如爭奪領域的狼群一樣，激烈地廝殺起來，以自身鮮血灌溉著腳下的草地。

在上一場與紅之國的戰鬥裡，白之國自認師出有名，攻打紅之國是爲了復仇，因此每個人都竭盡全力、絕不留手。可白之國跟黑之國無怨無仇，而且還是他們主動侵略黑之國，難免不夠理直氣壯，出手時也較爲心虛。

韓品儒的對手是一名同爲騎士的黑之國男生，兩人皆處於人馬狀態，力量也不相上下，雙方都有預感這會是一場拉鋸戰。他們鬥得如火如荼，其他人亦不敢進入他們的戰圈，唯恐會被鐵蹄踩成肉醬。

突然，韓品儒聽到宋櫻發出一聲痛呼，雖然在激戰當中，他仍不禁分心投去視線，黑之國騎士自然不會放過這個大好機會，立刻用破甲劍對準了盔甲之間的縫隙，狠狠地刺了進去。

「嗚啊！」肩頭被刺中的韓品儒悲鳴一聲。

黑之國騎士接著又用強壯的後腿倒踢韓品儒的胸口，把他踹得整個人往後飛了出去，重重地撞在一棵樹上。即使有全套盔甲保護，韓品儒依舊痛得差點要休克。

當黑之國騎士想乘勝追擊時，韓品儒忽然看見他背後多了兩盞紅色的燈，它們依附在一個巨大的扁平物體上，物體的頂部還有兩根天線般左右伸展的觸角，正面則有一對蟹鉗狀的巨鉤。

黑之國騎士也察覺到身後的異樣，在他轉過頭去的同時，那對巨鉤一下子鉗住他，硬是把他整個人從地上夾了起來。

那名男生不斷慘叫，四條腿在空中亂蹬亂踢，結果巨鉤左右一合，下一秒他的身體就連同盔甲一起被夾爆。

韓品儒一時間忘記了身體的痛楚，驚駭地看著隱身在黑暗中的那個龐然大物漸漸展露出全貌。

它擁有蜈蚣似的外觀，跟機械蠍子一樣，全身由黑色的金屬甲殼組成，身體總長超過三十公尺，有差不多三十個分節，每個節上均有一對鉤狀的腳，每一隻都尖銳無比。如果是有密集恐懼症的人，看到這些腳大概會忍不住昏倒。

其他人也發現了這名闖入戰局的不速之客，紛紛驚叫出聲。

機械蜈蚣的身軀雖然龐大，動作卻很靈活，它以閃電般的速度攻擊人群，不管是白之國還是黑之國的人都難逃毒手。

機械蜈蚣利用長長的身體纏繞獵物，再活活鉗死或咬死他們，不然就是把身體當成長鞭，每一下猛烈的翻騰都將獵物甩得老遠。

白之國眾人有過打敗機械蠍子的經驗，要解決機械蜈蚣本應不難，然而兩者的攻擊模式頗有分別，因此不能使用同一種方法來對付，此外他們還得提防黑之國的人偷襲，可說是腹背受敵。

眾人打不過機械蜈蚣，開始東逃西散，就連黑之國的人也捨棄了基地逃走。可是他們跑不了多遠，便再次陷入巨大的恐慌——原來機械蜈蚣不止一條，而是足足有四條。它們重重包圍了整座圖書館，猶如銅牆鐵壁般，沒有人能從它們的圍攻中逃脫。

這些機械蜈蚣是藍之國的傭兵，它們的主人羅浮在黑暗中緩緩現身，面無表情地看著這場機械蜈蚣對人類的大屠殺。

「羅浮！」白之國部隊的首領姜大勛高喊，「快命令你的傭兵停止攻擊白之國！」

「抱歉。」羅浮臉上不帶一絲歉意，「根據遊戲系統的說明，傭兵一旦啟動，就會無差別地對其他國家的人發動攻擊，直到無法再動彈爲止，連我的死亡都無法使它停下來。」

白之國眾人不清楚他的話是眞是假，都在暗暗咒罵選擇跟羅浮結盟的尹曉生，這個「盟友」非但幫不上忙，還在他們背後插上了一刀。

姜大勛咬咬牙，對白之國眾人說：「我留在這裡拖住黑之國和機械蜈蚣，其他人趕緊進去圖書館，幹掉黑之國的國王！」

「我也會留在這裡。」高浚堅定地表示，「其他人就去圖書館吧！」

還有一名女生也堅持留在原地，於是他們兵分二路。

從雷達來看，黑之國的情勢頗爲混亂，黑色棋子像被洪水沖散蟻穴的螞蟻般四處逃竄。不過只要細心觀察，就會發現黑之國的軍紀看似散漫，其實亂中有序，其中一批人更是突出重圍，正往校園的西面逃去。

「黑之國的國王……也就是宥翔，仍然留在圖書館裡，在地下三樓的中央書庫。」韓品儒盯著雷達沉吟，「他旁邊有個騎士……那是白修羅吧？」

韓品儒等人打破圖書館的窗戶闖了進去，只見館內一片平靜，跟殺聲震天的外面彷彿是兩個世界。

他們不敢掉以輕心，眼觀六路、耳聽八方，互相掩護著往目的地前進。

走著走著，他們聽見某處傳來窸窸窣窣的腳步聲，查看雷達卻沒發現任何人。隨著越來越深入圖書館，腳步聲也越來越近、越來越密集，緊接而來的，還有一股極其衝擊的氣味。這股氣味比過期食物更難聞、比垃圾更刺鼻、比臭水溝更令人窒息……這麼具有攻擊性的味道，韓品儒不敢相信他們居然直到現在才聞到。

定睛一瞧，一群穿著學生制服、蠢蠢欲動的物體在黑暗中慢慢浮現。

——喪屍兵。

看見它們韓品儒就明白了，他們之所以這麼遲才察覺臭味，是因爲教堂裡也有相同的氣味，他們早就聞慣了，習以爲常以致渾然不覺。此外他們經過多次戰爭洗禮，長時間與血腥爲伍，嗅覺亦已變得紊亂。

這些喪屍兵死去接近兩天，夏天的高溫使它們出現了最令人作嘔的現象——全身布滿綠褐色的屍斑和網狀條紋，腹部高高地鼓起，腐爛的肉體成了蒼蠅產卵的溫床，密密麻麻地爬滿了蛆蟲。

這條走廊是通往地下的必經之路，若是他們在這裡退縮，那就永遠無法到達國王的所在地，因此唯一的選擇是咬緊牙關與喪屍兵正面交戰。

幸好圖書館的走廊並不狹窄，因此韓品儒即使處於人馬狀態也不會難以行動。他用長矛刺進喪屍兵的身體，拔出來時一股膿水隨之噴湧，濺了他一身。

韓品儒等人一邊壓下恐懼的心情，一邊奮勇殺敵，走廊地板被各種顏色的腥臭液體浸潤，紅色的、黃色的、綠色的、褐色的、黑色的……混在一起如同一道詭異的彩虹河。

喪屍兵數量眾多，彷彿怎樣殺也殺不完，而且被殺的白之國士兵轉眼又會變成喪屍，雙方的人數逐漸懸殊起來。

「再這樣下去大家都會死的！」程朗在一片血肉橫飛中高叫，「我留在這裡斷後，大家到地下去吧！」

韓品儒聞言連忙阻止，「等、等一下……」

「你就讓我逞一次英雄吧！」程朗搖搖頭，「一直以來我都沒爲大家做過什麼，好歹讓我在這裡有點貢獻吧！」

另外兩個受了傷的人也決定留下，他們都明白自己撐不到回去教堂療傷，乾脆也留在這替其他人拖住敵人。

他們視死如歸的勇氣令韓品儒忍不住鼻酸，「我、我們會盡快打倒國王，你們要撐到我們回來爲止！」

「你們可要說到做到啊！」程朗苦笑了一下，接著又說：「那個……我想我欠你一句道歉，眞的很對不起，請你原諒我的所作所爲。」

韓品儒明白他指的是向米迦勒告密的事，「沒、沒關係，我沒放在心上，你不用過於自責。」

「謝謝你，那你們快走吧！」

於是白之國一行人再次分道揚鑣，程朗施展法術凍結喪屍兵，另外兩人也以肉身拚命抵擋，其餘人則抓緊機會繼續往地下進發。

前往地下的過程很順利，除了樓梯鋪滿了玻璃碎片外，並無其他障礙。抵達地下三樓，眼前是一扇掛著「中央書庫」牌子的大門。他們讓兩個人留在門外把風，其餘人則魚貫進入，來到一個排列著無數書櫃的廣闊空間。

這個書庫平時只限圖書館職員出入，裡頭擺放著大量蒙塵的舊書、期刊、報紙等等，還有許多等待上架的新書，可說是一片書山書海。

根據雷達顯示，黑之國的國王此刻位於書庫的最深處，旁邊只有一名騎士和三名士兵，他們應該已經得知韓品儒等人的到來，卻沒有任何動靜。

眾人在書櫃間的通道緩緩前進，韓品儒看著這些巨大得足以壓死人的書櫃，耳邊彷彿拉起了警報，而下一秒，最壞的事情發生了。

砰！

書庫某處冷不防傳來重物倒下的聲音，接著發生了連鎖效應，書櫃像骨牌般一個接一個倒塌，大量書籍如泥石流般傾倒在地，書庫裡一片塵土飛揚。

幸好他們早有心理準備，大部分的人皆及時走避，無人受重傷。

在他們的視野仍被塵埃遮蔽著的時候，黑之國的騎士和士兵向他們發動了突襲，不過由於白之國人多勢眾，不一會便把他們打得落花流水。

看見騎士解除人馬狀態後的面貌，韓品儒不禁一怔，那居然不是白修羅。

白之國眾人越過無數書山和雜物，走向書庫最深處的某個角落——黑之國國王的所在地。

他們用手電筒照向那裡，一名黑髮男生坐在椅子上。他雙手放在身後，深深地低著頭，髮絲垂下來擋住面容，令人看不清他的樣子。

麥子進上前拽起他的頭髮，只見這名男生的眼睛被黑色布條矇了起來，嘴巴塞著布團，再仔細一瞧，他的雙手雙腳原來都被綁著，如同囚犯一樣。

看清楚這名男生的樣子後，韓品儒再次感到愕然，他本以爲黑之國的國王必定是李宥翔，結果竟是他先入爲主了。

麥子進一放手，那名男生的頭就無力地垂了下去，很明顯失去了意識。他的右頰有著黑色的國王烙印，雷達也顯示他是黑之國的國王，他的身分得到雙重認證，卻還是讓人有種哪裡不對勁的感覺。

「搞什麼飛機啊？」一名男生煩躁地說，「這傢伙不是國王嗎？怎麼會一副孬樣被綁在這裡？」

「別管那麼多了，快點把他解決掉吧！」一名女生催促。

韓品儒在李宥翔手上吃過太多次虧，恐懼剎那間在心頭擴散，他明白現在要做的只有一件事：逃走，能逃多遠逃多遠。

「大、大家快離開圖書館，晚了就來不及了！」他高喊。

各人都露出不解的表情，就在此時，某個球體在他們眼前滾落到地上。

那是黑之國國王的頭顱，明顯是被革命所殺，而同一時間，位於書庫天花板的滅火器突然啟動，噴灑出來的卻不是二氧化碳，而是某種黃褐色的不明氣體。

眾人驚覺不妙，爭先恐後地衝向大門，由於書庫裡遍地都是雜物，有人不小心被絆倒在地，隨即被其他人踩了好幾腳。

這些氣體帶有劇毒，稍微接觸到皮膚便帶來紅腫刺痛的感覺，不少人都在喊痛，雙眼迸出淚水，只覺得氣管灼痛得像是要燒起來，每下咳嗽都宛如要撕裂胸口。

韓品儒和宋櫻雖然有騎士和王后的盔甲保護，一定程度上能夠阻擋毒氣入侵體內，可盔甲畢竟是有縫隙的，無法完全隔絕氣體。

學校裡不可能大量儲存劇毒氣體，因此這種氣體的來源只有一個可能，這是吉祥物娃娃饋贈給黑之國的禮物——化學武器。

好不容易離開中央書庫，他們發現並不只有書庫的灑水器會噴出毒氣，樓梯上方亦有相同的氣體蔓延過來，像死神一樣充斥在整間圖書館，準備隨時收割靈魂。

韓品儒努力睜開紅腫的雙眼，從頭盔的窄縫看向外面，卻只能看到一片濃霧，整個世界彷彿加了一層黃褐色的濾鏡。

這是不折不扣的死亡行軍。

他們跌跌撞撞地爬上樓梯，起初在地下三樓時還有一群人，走到地下二樓時變成了四、五個，當抵達通往地面的最後一個樓梯口時，只剩下韓品儒和宋櫻。

只要再爬上一段樓梯，他們就能擺脫死亡的陰影，那是一道從地獄通往天國的階梯、橫亙在死與生之間的橋梁，然而一對出現在煙霧裡的紅色探照燈瞬間把他們從希望推向絕望——機械蜈蚣。

頃刻間，韓品儒的腦海裡浮現姜大勛、高浚、程朗，以及其他選擇留下的同學的面容，機械蜈蚣能夠來到這裡說明了一件事，那就是他們皆已陣亡。此外，高浚的死亦代表將軍遊戲出現了第一個覆滅的國家。

韓品儒和宋櫻的手機不約而同響起，傳來了遊戲的最新訊息。

「號外號外～紅之國正式宣告滅亡，餘下的三個國家要繼續加油喔！GO GO GO～」

機械蜈蚣堵住了通往地面的樓梯，韓品儒和宋櫻只能另覓出路，但在能見度極低的情況下，就連近在咫尺的景物也不太看得清。

機械蜈蚣在身後追趕他們，沿途用龐大的軀體撞破了牆壁，巨鉗不斷充滿威脅地開合，兩人都有種生命正在倒數的感覺，只是不知道會先被氣體毒死還是被機械蜈蚣殺死。

他們一邊利用手機雷達尋找逃生路徑，一邊磕磕絆絆地逃跑，碰到有東西便聊勝於無地弄倒製造路障，當來到走廊的盡頭時，韓品儒在濃霧裡看見一扇金屬門。

「那……咳咳……那個是……咳……」

金屬門上方有個牌子寫著「書籍運輸系統」，這是一座連接著圖書館各樓層的小型電梯，專門用來運送書籍，跟餐廳裡的送菜梯有異曲同工之妙。雖然內部空間並不寬闊，也可以勉強容納一個人在裡面活動。

他們強行破壞了電梯門，韓品儒先讓宋櫻進去，之後他也解除人馬狀態擠入梯廂，最終在千鈞一髮之際成功逃離機械蜈蚣的毒手。

♚ ♛ ♜ ♝ ♞ ♟

韓品儒和宋櫻從圖書館逃出後，見到外面遍地都是白之國和黑之國成員的屍體，以及機械蜈蚣支離破碎的殘骸。

除了他們自己，雷達的顯示範圍內沒有半個活人，經過圖書館這一役，他們足足損失了十三名成員，這是遊戲開始以來白之國最爲慘烈的一戰。唯一值得慶幸的是，黑之國的傷亡人數應該也不相上下，而且當中有不少高階棋子。

兩人互相扶持著，步履蹣跚地前往附近一幢大樓。他們在洗手間沖洗眼睛和皮膚，痛得齜牙咧嘴。

他們接著又前往保健室，這裡猶如颱風過境一般，好用的東西早就被其他國家的人掃空，他們只在櫃子後面找到一些快過期的急救用品，好歹算是處理了傷口。

毒氣在兩人體內持續蔓延，令他們感到頭痛噁心，忍不住把胃裡的所有東西都吐出來，但直到連胃液也吐盡，依舊無法緩解那股強烈的不適。

「我們先回去學生餐廳吧。」韓品儒沉重地說，「這件事……得向尹暮生他們報告。」

先前韓品儒和宋櫻讓全校陷入停電後，白之國分成了一大一小兩支部隊，由姜大勛率領的大部隊負責攻打黑之國，尹暮生率領的小部隊則是悄悄轉移至學生餐廳，讓那裡變成白之國新的集合地點。

雖然基地的位置無法更改，但他們不是非得要待在基地裡不可。白之國的基地在教堂一事早已曝光，他們一直想找個合適的時機將集合地點挪到別處。

韓品儒和宋櫻稍微恢復了點力氣，便朝學生餐廳進發，可是他們還沒抵達就注意到了不尋常。

「學生餐廳裡面……沒有人。」宋櫻檢視著雷達，稍稍蹙起眉頭。

轟！

就在此時，校園某處突然傳出一聲驚天巨響，簡直像是要把大地喚醒一樣。

聲音是從西面傳來，韓品儒和宋櫻心知不妙，立刻以最快速度奔往，果然發現是教堂出了狀況，窗戶冒出滾滾濃煙，大概是發生了爆炸。

伴隨著一股肉類被炙烤過的氣味，一道身影從教堂裡緩緩走出。

那是一名處於人馬狀態的騎士，他的後腿被炸爛，身上的盔甲亦不完整，差不多有一半被轟掉，露出了下方血肉模糊的身體。

下一秒，騎士大概是因爲體力大量流失的關係，被迫解除了人馬狀態，變回普通的人類。

騎士的眞身是一名高瘦的少年，由於他的臉部也受了嚴重的傷，已經看不太出原本的樣貌，不過憑著那頭近乎雪白的頭髮和透著紅光的細長眼眸，仍然可以知悉他的身分。

「白修羅……」韓品儒喃喃地說。

白修羅似乎沒發現他們，他像具活屍似的拖著不穩的腳步，一拐一拐地往圖書館的方向走去，身影逐漸被夜色和樹木吞噬。

韓品儒和宋櫻大可以追上去補刀，此刻的白修羅不會是他們的對手，但是比起消滅敵人，他們必須優先確認白之國國王的安危，且以白修羅的傷勢，未必熬得到返回黑之國的基地療傷。

雖然進入剛發生過爆炸的地方極度危險，然而擔心著尹暮生等人的他們顧不了這麼多。

韓品儒和宋櫻走進教堂，只見裡面變成了廢墟，遍地都是木頭、瓦礫、石塊、玻璃碎片，以及各式各樣的雜物，還有好幾處地方著了火。

他們不敢仔細看地上的屍體，因爲模樣實在過於淒慘，全身燒得焦黑、四肢殘缺不全，根本分不清是哪個國家的人。

雷達上顯示教堂裡此刻尚有三枚白色棋子，皆身處地窖之中，於是韓品儒打開通往地窖的暗門，和宋櫻一起走下長長的樓梯，前往教堂的地底深處。

通道裡有不少落石，他們一邊移走擋路的石頭一邊前進，好不容易才抵達地窖入口。

地窖的門鎖著，韓品儒高聲道：「我、我們是進攻部隊的，請開門讓我們進去。」門後毫無反應，於是韓品儒再說了一遍，回應他的依然只有沉默。

「請、請開門吧！」韓品儒焦急地提高嗓音，「教、教堂發生了爆炸，繼續留在這裡會有危險，爲了國王的安全，必須盡快撤離！」

這一次，韓品儒終於得到了回應，那是一道倔強且帶點歇斯底里的女孩聲音。

「爲什麼只有你們兩個？其他人呢？」

「那、那個……進攻部隊的其他人都陣亡了，只有我們活了下來。」

女孩的嗓音隨即大幅拔高，「你們就是進攻部隊的間諜吧？我死也不會讓你們進來！」

「間、間諜？妳在說什麼？」

「別裝傻了！快滾！」

「聽著，如果妳在三秒內不開門，我就用我的方法來開門。」宋櫻冷冷地說，「三、二……」

當她數到一的時候，門鎖「喀嚓」一聲打開，門後出現一雙眼眶紅紅的、充滿警戒的大眼睛。

那是周小喬。她用警惕的眼神盯著韓品儒和宋櫻，手裡握著一把匕首，冷冽的刀尖直直指向他們。她的身後有兩名男生，一個躺在地上不省人事，一個在牆角縮成一團。

周小喬一直都對戰爭表現得極其厭惡，死也不肯上陣，但此刻的她縱使害怕得全身發抖，仍緊緊地握著武器，試圖保護身後的人。韓品儒不曉得她是怎麼辦到的，或許越是這種人，越能夠在生死存亡的關頭展露出勇氣。

「快滾！不然我就刺過去！」周小喬尖叫，「我是認眞的！」

「我、我們眞的不是間諜。」韓品儒誠懇地說，「如、如果有什麼做了就能讓妳相信的事，我都願意去做，可是現在恐怕沒那個時間……在、在這裡的人很可能就是白之國僅存的成員，我們實在不能再內鬨，求求妳了……」

周小喬呆呆地看著他，接著像強忍了很久似的，「哇」一聲哭了出來。

「你們……爲什麼現在才回來……」

「對、對不起……」

等周小喬的情緒平復了些，宋櫻低聲問她：「在我們離開後，到底發生了什麼事？」

周小喬吸吸鼻子，開始抽抽搭搭地訴說事情的經過。

「你們出發之後，我們就一直等待著停電的一刻……當整間學校的燈光都消失，進攻部隊就前往黑之國的基地……我們這些堅守部隊也準備去學生餐廳，就像原本大家商量好的那樣……但是尹曉生阻止了我們，說進攻部隊裡有黑之國的間諜，更改集合地點只是爲了欺騙那個人，堅守部隊會繼續留在教堂……」

「進、進攻部隊有間諜？是誰？」

「尹曉生沒說出名字，他只說萬一進攻部隊全軍覆沒，誰活了下來誰就是間諜，所以我剛才……」

韓品儒相當好奇那個間諜的身分，不過除了他和宋櫻兩人，進攻部隊已經全員陣亡，如無意外那個人多半死了。

「你、你們留在教堂裡，接著發生了什麼？爲什麼會有爆炸？」

「因爲黑之國的人來了……」周小喬啜泣著，「尹曉生說過，間諜會讓黑之國以爲我們去了學生餐廳，所以他們的到來讓大家都很驚訝……他們包圍了整間教堂，我們完全沒辦法逃走……尹曉生帶著我們到地窖，讓喪屍兵和其他人去擋著黑之國……」

「那、那個爆炸又是怎麼回事？」

「尹曉生說，他在祭壇下方藏了一個炸彈，就是那個煮鍋……他說了一堆化學名詞，還提到行動電源、鐵片什麼的……他說那個炸彈若在近距離爆炸絕對能把人炸死，他要把黑之國的人引到祭壇，與他們同歸於盡……」

韓品儒曾問過尹曉生那個煮鍋的用途，豈知竟是用來製作炸彈。

「尹暮生不讓她哥去，兩個人吵了起來，尹曉生用一條不知沾了什麼的毛巾悶暈了她……接著尹曉生和她交換了衣服，尹暮生的制服是我幫她換的……」

韓品儒瞄了地上的「男生」一眼，方才他沒仔細看，那原來是穿了男生制服的尹暮生。尹曉生和尹暮生容貌相似，雖然男女有別，但他們連身高和體型也頗爲接近，只要套上一件較寬鬆的外套就能遮掩差異之處。

若不是與他們相熟，並靠近仔細端詳，不太可能發現是不同的人，至於臉上的烙印只要用點什麼蓋住就不會露出馬腳了。

「尹曉生塞了把刀給我，叫我小心提防其他人，還說『我妹就拜託妳了』……他離開地窖後，不知過了多久，我聽到一個很大很恐怖的聲音，天花板震落了很多碎石……」

周小喬說到這裡，再度掩著臉痛哭起來，泣不成聲。

此刻地窖裡除了韓品儒、宋櫻、尹暮生和周小喬，還有一名戴眼鏡的男生。他始終抱膝坐在牆角，整個人形銷骨立，滿頭黑髮白了一半，彷彿已經活了半輩子。

「向、向遠航？」

這名男生正是二年B班的班長向遠航。自從米迦勒死後，他就處於行屍走肉的狀態，連外貌都產生了極大的變化。韓品儒曾聽聞極度的悲痛會使人一夜白頭，想不到會有親眼見到的一天。

聽見韓品儒喚他，向遠航只是默默掃了他一眼，而後又收回目光，好似世上一切都與他無關。

場面靜默了一會，韓品儒低聲說：「我、我們不能繼續待在這裡……走吧。」

「我們一定要離開嗎？」周小喬問，「一直躲在這裡不好嗎？」

「發生過爆炸的地方會有坍塌的危險。」宋櫻說，「而且地窖只有一個出入口，要是敵人來了將會無處可逃。」

於是韓品儒背著尹暮生走在前面，其他人跟著他一起返回地面去。

正要步出大廳時，韓品儒的眼角餘光忽然捕捉到某個位於牆角的東西。起初他不以爲意，接著突然想起了什麼，頓時像被旱雷狠狠劈中一樣，呆呆地站在原地，各種零散的對話漸漸在腦海裡組織起來。

「除非親眼看到那個國家的人從基地裡走出來，或是那個國家的人自行將基地位置告知其他國家，否則基地是無論如何都不會被發現的……」

「連對講機也有，你似乎準備得很充足……」

「爲了這個遊戲，總是要做一點準備……我自有收集情報的方法……」

「那邊的角落有個不知是誰的充電器，不過用不了……」

「那個好像是壞的……」

「小韓。」見韓品儒停下腳步，宋櫻喚了他一聲。

「那個……稍等一下。」韓品儒把尹暮生放到地上，「那邊有個東西我想看看。」

韓品儒走向牆邊，把一個插在插座的充電器拔了出來。這個充電器位於教堂正廳門口的角落，距離爆炸中心——祭壇最爲遙遠，受到爆炸影響的程度也較小。

充電器的外殼稍稍變形，並且缺了一塊，將它拆開後，裡面的構造便一覽無遺。

雖然韓品儒對電子產品的內部構造並不熟悉，但他也不認爲充電器裡需要收音裝置，比起充電器，這個更像是——

「竊……」韓品儒說著，驀地醒覺，把後面兩個字吞回肚子裡。

這麼一來，所有疑問都解開了。

這個僞裝成充電器的竊聽器是李宥翔和白修羅放在這的，自從轉學到聖杏高中後，他們就一直在校園各處勘查，大概是在那些時候動的手腳。不只是教堂，校園裡其他重要地點恐怕也有他們的竊聽器。

這個竊聽器從一開始就在這裡，也就是說，李宥翔和白修羅早就曉得白之國的基地在教堂。這項情報不是由什麼人洩漏出去的，而是他們無意中透過竊聽器自行告知敵人的。

白之國的一舉一動早已處於監聽之下，他們並未變更集合地點的事自然也逃不過對方的耳朵。

竊聽器使用獨立電源，因此停電沒對它造成影響，現在仍在運作當中。

「那邊有什麼需要注意的嗎？」宋櫻問。

「沒有……我們快點去學生餐廳吧。」韓品儒回答。

早上五點是夏天的日出時分。

當天邊出現第一道曙光時，白之國僅存的五名成員正在體育館，而不是在學生餐廳裡。之前韓品儒故意在竊聽器前放出假消息，他不確定會不會奏效，不過至少他們來了這裡好一段時間仍安然無恙。此外，他們還事先徹底搜索了四周環境，確保所有竊聽器皆已拆除才正式安頓下來。

他們都累透了。向遠航獨自坐在角落裡，摻雜了許多白髮的頭顱埋在膝蓋中間，看不出是醒著還是睡著了；周小喬顧不得儀態，直接睡倒在看臺上；韓品儒和宋櫻則是輪流休息，一人睡著另一人便醒著。

毒氣造成的影響在韓品儒和宋櫻身上變得越來越明顯。他們的皮膚開始糜爛和長出水泡，眼睛像患了結膜炎般發紅和流出分泌物，他們都對自己能否活到遊戲最後一刻不抱希望。

韓品儒和宋櫻剛剛換了班，宋櫻已然入睡，而韓品儒努力打起了精神，透過手機的雷達監視著四周的情況。

「這裡是……」

一道聲音忽然響起，只見尹暮生支著地板坐了起來，茫然地環顧自己身處的地方。

「太、太好了，妳終於醒了。」韓品儒鬆了口氣。

「我……不是在教堂嗎？我哥呢？」

「那、那個……」

韓品儒曾經想過該怎樣委婉地告訴她實情，可事到臨頭，他發現自己根本開不了口，他那欲言又止的表情使尹暮生一下子變了臉色。

「請你……把所有事情都告訴我。」尹暮生努力維持語調的鎮定，不過嗓音還是有幾許顫抖，「在我失去意識的時候……究竟發生了什麼事？」

於是韓品儒稍稍吸了口氣，把來龍去脈全盤托出，尹暮生越是聽下去，臉色越是蒼白，最終那張清秀的臉上再無半點血色。

「所以……我哥死了。」尹暮生好不容易擠出這句話，「然後白之國大部分的人都死了……只剩下我們幾個。」

韓品儒沉重地點頭，尹暮生想辦法控制著情緒的模樣令他的心臟抽痛了一下。

「打從出生以來，我和我哥未曾分開過一天。」尹暮生低聲說，「過去不會……以後也不會。」

聞言，韓品儒驀地一凜，接著他突然看到手機的雷達出現異樣，有幾枚黑色棋子進入了顯示範圍，也就是對方此刻距離體育館不足五十公尺。

韓品儒暗叫倒楣，聖杏高中校園極大，能夠躲藏的地方多不勝數，他們的位置卻偏偏被發現了。

「黑、黑之國要來了！」韓品儒趕緊提醒其他人，「我、我們必須立刻離開！」

宋櫻馬上醒了過來，向遠航也抬起頭，周小喬則是仍在酣睡當中。

「黑之國……」尹暮生的眼神變得晦暗，「那麼白修羅也會來嗎？」

「他、他們人數眾多，我們打不過的，快點逃吧！」韓品儒著急地說。

然而來不及了，黑之國的人很快把體育館的兩個出入口都堵住。

對方來了八個人，而白之國這邊足以成為戰力的只有韓品儒、宋櫻和尹暮生，或許周小喬可以算半個。

「向、向遠航，我們需要你的力量。」韓品儒對向遠航說，「求、求求你幫忙，不然大家都會死在這裡的！」

向遠航用空洞的眼神瞧著他，乾裂的嘴唇微微蠕動，發出了老人般沙啞的嗓音。

「我為什麼要幫你們？你們都是殺害米迦勒的人，你們沒一個值得我幫助。」

「雖然我不想做出跟傅晷相同的行為，不過如果他不肯合作，我可以用命令強迫他戰鬥。」宋櫻低聲告訴韓品儒。

「不……我不想讓妳做不願意的事。」

韓品儒接著繼續說服向遠航：「或、或許我不認同米迦勒的某些觀點，但無可否認他的所作所為都是為了白之國，為了這個二年B班。即、即使他已經不在了，可是他曾經不惜一切守護的白之國仍然存在……你、你要眼睜睜看著他所重視的東西化為泡影嗎？他讓你當上二年B班的班長，不也是希望你一起守護這個班級？」

向遠航的眼神依舊有如槁木死灰，只是灰燼深處似乎燃起了一點火光。

下一秒，體育館的大門被「轟」一聲破開，韓品儒倒抽一口氣，立刻和宋櫻一起擋在尹暮生前面。

帶領著黑之國部隊從大門闖入的是楊獨秀，他的右眼下方有著黑色的王后烙印，臉上的表情和在升變時見到的一樣狂妄。

楊獨秀身後有一名主教、數名士兵，以及一名外貌駭人的男生。

他全身裹著血跡斑斑的繃帶，猶如木乃伊一樣，狹長的眼睛隱隱透著紅光，整個人散發出神智不清的狂亂感，正是白修羅。

見白修羅傷成這樣仍舊能活下來，韓品儒不由得佩服他那強悍的生命力，簡直就像會蛻皮重生的蛇。

「我們又見面了。」楊獨秀冷笑，「想不到你們居然能夠活著離開圖書館。」

「總比整支部隊在教堂裡全軍覆沒來得好。」宋櫻冷冷地說。

「他的判斷很少會出錯。」楊獨秀說著，輕蔑地瞥了白修羅一眼，「不過讓那人妖帶領部隊去教堂明顯是一著壞棋，如果是我去的話，這場遊戲早就結束了，而他最好的一著棋就是讓我來這裡收拾你們。」

「這麼看來，李宥翔要被打臉第二次了。」

宋櫻和楊獨秀幾乎是在同一時間發動能力，眨眼間兩名王后激烈地纏鬥起來，主教和士兵也攻向進入人馬狀態的韓品儒。

楊獨秀等人先前幾乎都在休養生息，韓品儒和宋櫻則是疲於戰鬥，雙方的差距一看即知，勝負幾乎一開始便已分曉。

雖然韓品儒等人優先採取的策略是走爲上策，可是他們並非毫無準備。當宋櫻被楊獨秀逼到看似已經沒有退路時，她忽然用力一扯一幅大型帆布，三座大型自動投球機隨即映入眼簾。

這些投球機使用移動式儲電箱作爲電源，供球速度和頻率皆被調至最高，會隨機投出不同球路的球。他們事先將一切配置好，當宋櫻按下開關，無數棒球便像子彈般朝楊獨秀射去。縱使他有盔甲保護身體，依然被擊得踉蹌後退。

趁著韓品儒和宋櫻專注於他們的戰鬥，餘下的士兵亦向白之國的國王發動攻擊。

尹暮生和周小喬拚命抵擋，卻不是這些士兵的對手，周小喬很快倒在了血泊之中，而尹暮生的內心被仇恨支配，不要命地只顧殺敵，幾乎沒有防禦，不一會也身受重傷。

見尹暮生命在旦夕，韓品儒很想過去救她，無奈分身乏術。正當一名士兵的長劍要落在尹暮生頭上之際，一股力量突然把敵方重重彈了開來。

原來那是向遠航的傑作，他終究發動了城堡的能力，築起一道圓形的電磁防禦牆救下了尹暮生。

尹暮生脫離險境後，韓品儒稍稍寬心了些，不過他自己的情況仍然嚴峻。他費盡力氣才勉強躲開敵方主教的凍結攻擊，轉眼又要提防士兵刺進盔甲窄縫的破甲劍。

就在此時，主教和士兵的注意力被某樣東西奪走，韓品儒順著他們的視線望去，只見體育館門口多了個巨大的物體，有著兩根向左右伸展的觸角和巨鉗——他心想自己一定是瘋了，居然會覺得出現在這裡的機械蜈蚣有點可愛。

機械蜈蚣像一列出軌的火車般衝進體育館，不由分說地將所有人撞翻在地，爲陷入困境的白之國等人解了圍。

仔細一瞧，這條機械蜈蚣受了不少傷，原本長達三十公尺的身體只剩下一半左右，閃著火花的電線頭和內部零件露了出來，肉眼可見的電流發出劈里啪啦的聲音，還有類似機油的液體流到地上。

機械蜈蚣受傷後動作雖不及先前快速靈活，但仍來勢洶洶，所謂百足之蟲，死而不僵，似乎也可套用在機械蜈蚣身上。

趁著機械蜈蚣亂入，韓品儒和宋櫻拔腿就逃，向遠航也把奄奄一息的尹暮生背了起來，往體育館門口衝去。

「別想逃！」

楊獨秀使用王后權杖製作出能量球射向他們，同爲王后的宋櫻隨即以相同的招數還擊，兩顆藍色球體在空中交會，像小行星相撞似的爆炸開來。

轟！

所有人都被這股巨大的衝擊波猛地震開，韓品儒狠狠撞上了牆壁，再反彈到地上，全身痛得幾乎要散架，五臟六腑彷彿全移了位。他再也無力維持騎士的狀態，被迫解除能力。

「宋櫻……」

他搖搖晃晃地從地上爬起來，下一秒又倒了下去。他呼喊著宋櫻的名字，卻聽不見自己的聲音，甚至也聽不見任何聲音，爆炸奪走了他的聽力。

他的視線渙散，眼前出現了殘像，每個人都分裂成好幾個個體。韓品儒看不清究竟誰是誰，只知道他們都在掙扎。

過了好一會，他的感官才逐漸恢復正常，接著便聽到一名男生的悲鳴響徹了整個體育館。

他看向聲音來源，那是一名戴眼鏡的男生，頭髮半白，正是向遠航。他被人踩住了脊椎──說不定已經踩斷了，這就是他發出慘叫的原因。

城堡所製造出的電磁防禦牆每次只能維持五分鐘，現在那道牆早已消失。踩住他的人同樣擁有一頭近乎雪白的頭髮，那是白修羅。精神處於混亂狀態的他並沒有啟動騎士的能力，亦沒有使用任何武器，僅僅以身肉搏。

他用右肘箍著向遠航的脖子往右上方猛地一抬，左手同時抓著頭部往左邊一扭，隨著一聲樹枝斷裂般的脆響，向遠航的頸椎被硬生生折斷。

「哼，還算有點用處。」楊獨秀冷冷地評價。

失去向遠航的保護，尹暮生猶如俎上之肉，正當楊獨秀打算一舉了結她時，白修羅卻阻止了他。

「他說……國王……命……留下……」

大概是因為聲帶也受到了損傷，白修羅的嗓音相當怪異，宛如毒蛇吐信的嘶嘶聲。

「我不會再聽李宥翔的話了。」楊獨秀露出陰險的表情，「要不是他錯信了你這個人妖，黑之國也不會吃敗仗。李宥翔早該被革命推翻，等我把白之國滅了，回去就輪到他！」

楊獨秀接著轉過頭去，錯過了白修羅眼裡一瞬暴現的凶光。

見楊獨秀準備對尹暮生痛下殺手，韓品儒管不了那麼多，隨手撿起地上的一把武器就奮力扔過去，卻差了幾吋才扔中。

楊獨秀馬上揮動權杖對韓品儒射出能量球，就在此時，宋櫻突然從旁撲向楊獨秀，導致他失去了準頭，能量球僅僅擊中韓品儒身旁的柱子。

「臭婊子！」

楊獨秀罵了句難以想像是由男領袖生口中說出的話，並且以權杖痛擊宋櫻的頭部。宋櫻因爲體力不支，早已解除了王后的狀態，沒有盔甲保護的她經不起這一擊，頓時流血倒地。

「宋櫻！」

韓品儒正要過去救援，視野卻驀地被一道巨大的黑影占據，下一秒，包括他在內的好幾個人像保齡球般被打翻在地上。

機械蜈蚣的身體盤成一圈，把黑之國的主教和數名士兵纏繞起來，並且不斷地收緊。那些密集的蜈蚣腳每一根都極其鋒利，這幾個人就像被無數長矛刺進身體，發出了絕望的慘叫。

「救命啊！」「誰來救救……咕！」

趁著機械蜈蚣大開殺戒，韓品儒強撐著站起身，走向宋櫻。

「還站得起來嗎？」韓品儒將她從地上扶起。

「嗯……」宋櫻摀著頭部的傷口，忍著痛說：「你先去幫尹暮生吧。」

於是韓品儒又過去協助尹暮生，見她差不多不省人事了，韓品儒趕緊把她背到身上，再和宋櫻一起逃往體育館出口。

楊獨秀自然不會放過他們，他正要再次發動攻擊，身後卻多了個巨大的影子。

機械蜈蚣已經將黑之國的其他人拆吃入腹，現在輪到了他們的主將。它的頭部支起，接著往下一記突刺，用那對金屬巨鉤鉗住了楊獨秀，並張開黑洞般的口器，咬住楊獨秀的整個上半身。

機械蜈蚣不斷做出進食的動作，楊獨秀還來不及發出慘叫，身軀便一點一點地消失，連雙腳也即將被吞噬殆盡。

正當眾人以爲這就是楊獨秀的下場時，機械蜈蚣的動作卻突然停住，隨後猛烈地掙扎起來。「轟」的一聲，蜈蚣竟被從內部炸出一個洞。

機械蜈蚣宛如失控的水管般激烈扭動，不久動作漸漸慢下，最終翻著肚倒在地上。

過了一會，楊獨秀艱難地從機械蜈蚣體內爬出，他被擠壓得不成人形，全身骨頭盡斷，整個人鮮血淋漓。他費盡力氣想要站起來，卻還是倒了下去。

黑之國幾乎全員陣亡，韓品儒等人亦早就趁機逃走，偌大的體育館裡除了楊獨秀外，只剩下一個人。

「可惡……」楊獨秀像爬蟲般在地上匍匐，喉嚨裡擠出怨恨的聲音，「白……修羅……幫……我……」

白修羅緩緩地走到他前方，抬腳重重對準頸部踩了下去。

「吾王……萬歲。」

好不容易從體育館逃出，韓品儒等人進入了附近的藝術大樓。

向遠航和周小喬在體育館被黑之國等人所殺，如今白之國只剩下韓品儒、宋櫻、尹暮生三人。

韓品儒讓尹暮生躺在音樂教室的地上，她身中多刀，幾乎成了血人，有幾刀更砍中了要害，除非奇蹟發生，否則是活不成了。

「革……革命……」尹暮生虛弱地呢喃著，「用革命……殺了我……讓我……去見我哥……」

韓品儒知道革命是唯一的正解，可是他下不了手。

「不要再讓她受苦了。」宋櫻低聲說，「幫她解脫吧。」

眼下別無他法，韓品儒只得咬了咬牙，從口袋裡掏出手機，宋櫻也拿出了她的。

「品儒同學……白之國……交給你……你要成爲……國王……」

說出遺言後，尹暮生的脖子多了道腥紅的血線，步上其他被革命推翻的國王的後塵，與她的雙胞胎哥哥團聚去了。

白之國再次改朝換代，韓品儒在他僅有的臣民——王后宋櫻的見證下登基爲王。在命運的操縱下，他們再度成爲倖存的兩個人。

雖然成爲了一國之君，但韓品儒沒有半點志得意滿，心中只有無盡的唏噓。

「等等。」宋櫻忽然看著手機皺眉，「白之國不是只剩下我們兩個嗎？爲什麼這裡顯示投票的人有兩個，棄權的人有一個？」

「欸？」

韓品儒看了也覺得奇怪，接著突然感覺鼻子下方癢癢的，伸手一抹，那竟然是血，並且呈現可怕的黑紅色。他看向宋櫻，她也流出了相同顏色的鼻血，甚至連眼睛也滴出血來。

毒氣的後遺症大舉侵蝕著他們，之前他們因爲要戰鬥只能硬撐，其實身體狀況已經糟得不能再糟，隨時倒下也不奇怪。

「白之國除了我們，還有人……」

宋櫻的身子漸漸滑到地上，韓品儒趕緊把她扶穩，無奈他自己也相當虛弱，反而和宋櫻一起倒地。

就在此時，一道身影出現在音樂教室門口，認出對方的那剎，韓品儒幾乎不敢相信自己的眼睛。

「程、程朗？」

那人正是程朗，雖然他滿身都是血汙，明顯吃了許多苦頭，不過仍然好端端活著。

「韓品儒！」程朗用他招牌的大嗓門喊了聲，並走近他們。

「原、原來你還活著。」韓品儒欣喜地說，「我、我還以為你已經……」

「不要這麼快判我死刑好嗎？」程朗苦笑，「我原本也以為我會被喪屍兵咬死，哪知道機械蜈蚣突然殺了進來，我在混亂中成功逃出了圖書館，整個晚上都在東躲西藏。」

說著，程朗突然停下，瞪大眼睛看向韓品儒的後方。

「咦？你後面的是……」

韓品儒順著他的目光轉過頭去，下一秒後腦便被鈍物打中，黑幕在眼前迅速落下。

倒地的瞬間，周小喬說過的話在韓品儒腦海中響起——

進攻部隊裡誰活了下來，誰就是間諜。

「在圖書館的時候，我是真心想請你原諒的。」程朗語帶笑意，「謝謝你啦。」

在意識喪失的前一刻，韓品儒不由得心想，或許在他的生命裡，最不缺的就是朋友的背叛了。

007 將軍

從背脊傳來的觸感告訴韓品儒，他此刻正躺在冷硬的地板上。

他全身被有刺鐵線一圈圈捆綁，鐵線深深地勒進肉裡，使他稍微動一下都痛楚難當。他想起了藏在暗袋的小刀，可要是強行動手去拿，恐怕雙手會先被鐵線割斷。

他的後腦仍在隱隱作痛，頭上蓋著類似布袋的東西，因此他只能隱約感受到外界的光線，卻看不到景物。有人正在說話，由於意識有點模糊，那些話聲就像從遙遠的地方飄過來似的。

「我把白之國的國王帶來了。」這是程朗的聲音，「你們要遵守約定，用兌子把我換到黑之國。」

「辛苦你啦。」這道慵懶的嗓音屬於沈雪松，「不過你好像也沒爲黑之國做過什麼重要的事，值得我們換你過來吧？」

「我之前有把白之國搬去新的集合地點的事告訴你們！」

「那不是陷阱？一個小小的竊聽器可是比你還有用呢。」

「剛才如果不是我用雷達偵查到他們的位置，你們也不曉得他們躲在體育館吧？」程朗咬牙切齒，「說起來楊獨秀那傢伙差點把尹暮生殺了，我們不是說好要留下國王的命來進行兌子嗎？你們根本沒把我的命放在眼裡！」

「我叮囑過楊獨秀不要殺國王。」李宥翔用他冷靜沉穩的聲音說，「不過他會不會遵從又是另一回事了。」

「總之你們現在就給我兌子，不要磨磨蹭蹭的！」程朗強硬地表示。

「他真的是國王嗎？」李宥翔提出質疑，「他的頭被布袋蒙著，也看不見臉上的烙印是什麼。」

「尹暮生死前說要讓韓品儒成爲國王，他肯定就是國王沒錯。」程朗堅持。

「所以你沒先檢查他臉上的烙印？你也太粗心大意了吧。」沈雪松問。

「他臉上好像有傷……我沒仔細確認。」程朗語帶猶豫。

「革命和選出新國王都要經過投票吧？你沒有參與投票嗎？」

「煩死了！我用雷達確認他們在體育館後，手機就沒電了！」程朗不耐煩地說，「我說他是國王，他就是國王！」

「你發我脾氣也沒用啊。」沈雪松抓了抓滿頭亂髮，「總之先來檢查他的臉吧？」

韓品儒聽見程朗一邊暗罵著一邊走了過來，隨後他頭上的布袋被粗暴地扯掉，光線一下子刺向瞳孔。

韓品儒終於能夠看清身處的地方，這裡大概是某間教學大樓的教室，而他躺在教室後方靠牆的角落。

此處總共有五個人，分別是他自己、李宥翔、沈雪松、程朗，還有像毒蛇一樣蟄伏在暗處的白修羅。

這是他第一次在這個遊戲裡見到李宥翔，跟以往的完美相比，他似乎變得有點憔悴，看來這三天的遊戲對他而言也是不小的折磨。

程朗蹲下來湊近韓品儒的臉仔細查看，接著厭惡地蹙眉。

「他的臉腫得跟什麼似的，還長了一大堆噁心的水泡……最好是能看到烙印啦。」

韓品儒明白他必須抓住這個稍縱即逝的機會。

「我、我命令你……」他用只有程朗聽得到的音量開口，「……攻擊李宥翔。」

國王的命令是絕對的，下一秒程朗像中了邪一樣，從口袋摸出一把小刀，往李宥翔撲了過去。

可是在他碰到李宥翔前，一道身影已經快如電閃地衝向了他。

白修羅替李宥翔擋下小刀，接著雙手緊緊扣著程朗的脖子用力下壓，再提膝瘋狂地撞他面門。程朗被撞得頭昏眼花，不僅鼻梁折斷，牙齒也少了幾顆，整張臉好似被壓爛的肉餅。

「請不要隨便對我們的國王出手啊。」沈雪松悠然地說，「我們的騎士傷到了頭，神智不太清楚，只是憑本能在行動，惹到他可是會倒大楣呢。」

「看來你還是對白之國忠心耿耿，那麼就不勉強換你過來黑之國了。」李宥翔對程朗淡淡道。

「不……我是……嗚啊！」

程朗還來不及抗辯，白修羅便再次送了他一記膝擊。

「那麼要殺了韓品儒嗎？」沈雪松問李宥翔，「不管他是不是國王，殺了總是沒壞處吧？」

「不，如果韓品儒不是國王，那麼國王便是宋櫻。」李宥翔搖頭，「我們可以拿韓品儒當誘餌引宋櫻過來，否則遊戲時間所剩無幾，我們未必能夠在這麼大的校園裡找到她。」

「所以還是得先確認韓品儒的身分……眞麻煩。」沈雪松嘆了口氣，「我去找找看他的手機吧。」

沈雪松走過去搜韓品儒的身，從口袋摸出一支手機。

「他是騎士耶。」沈雪松滑著韓品儒的手機，「那還是留著他當人質吧。」

李宥翔沉默了一下，「把他的手機給我，我想看看。」

沈雪松的眼神稍微暗了暗，接著用滿不在乎的語氣答：「好啊。」

李宥翔正要接過手機，沈雪松突然發難，用藏在指縫的刀片猛地劃向李宥翔的腹部，然而李宥翔似乎早料到他會有此一著，毫髮無傷地避過了攻擊。

下一秒，白修羅將沈雪松狠狠摜倒在地，牢牢踩住脊椎，沈雪松右邊的肩關節被使勁往後一掰，清脆的骨折聲隨之響起。

沈雪松的忍痛能力似乎頗高，他並未慘叫，僅僅悶哼了一聲。

「先放了他。」李宥翔吩咐白修羅，接著問沈雪松：「什麼時候開始的？」

「大概是……『升變』的時候吧。」沈雪松的額角微微冒出汗珠。

李宥翔瞥了韓品儒一眼，「爲什麼？」

「在『升變』的期間，韓品儒向我說明了終結這個遊戲的方法，不得不說，那還眞是個好方法。」

李宥翔的眉心微微皺起，「你不想活下去嗎？」

「怎麼說好呢？我這個人懶得要命，也可以說有點破滅傾向吧。」沈雪松苦笑，「我確實不想再玩這種遊戲了，也不希望再有其他受害者出現。」

「原來你還是個好人。」

「別這樣說，我會害臊的。」沈雪松仍舊不忘幽默一下，「你好歹是我的國王，我就給你最後一句諫言吧。這種遊戲還是及早抽身爲妙，越是玩下去，只會失去得越多。」

「謝謝你提醒我是國王。」李宥翔淡然道，「我命令你攻擊韓品儒。」

聽到命令，沈雪松連手臂骨折也顧不上，立刻朝韓品儒撲了過去。

喀嚓嘩啦！

此時，教室其中一扇玻璃窗突然破裂，碎片飛散，一支利箭射了進來，差點命中白修羅的腦袋。

眾人轉頭看去，窗外的樹上有名手持十字弓的茶髮男生，是藍之國的國王羅浮。

在所有人的注意力被羅浮奪去之際，教室外的走廊傳來慘叫，那是負責看守走廊的黑之國士兵發出的。接著，一名長髮女生破門而入，正是宋櫻。

羅浮再次瞄準教室裡的人射出箭矢，趁著其他人尋找掩體躲避時，宋櫻走近韓品儒，用小刀割斷他身上的鐵絲。

「妳跟羅浮是約好的嗎？」韓品儒問宋櫻。

「嗯，畢竟白之國和藍之國還算是盟友。」

宋櫻才剛割斷幾條鐵絲，便遭到白修羅襲擊，於是不得不分神應付。幸好韓品儒的雙手已重獲自由，可以自行割斷餘下的鐵絲。

教室裡一片混亂，除了宋櫻和白修羅戰鬥著，沈雪松和程朗也因爲自家國王的命令，分別跟韓品儒和李宥翔扭打起來。

同一時間，人在外頭的羅浮朝教室的窗戶奮力一躍，堪堪踩上了窗沿，穩住身體後亦加入戰局。

「白修羅你這個叛徒，給我去死吧！」羅浮怒吼著撲向白修羅。

宋櫻被身上的傷勢拖累，同時深受毒氣的後遺症所苦，能夠撐到來這裡已是極限，所謂的戰鬥也只是單方面承受白修羅的攻擊，羅浮的加入正好替她解了圍。另一方面，李宥翔則是沒費多少工夫就把程朗解決掉了。

羅浮用短劍刺向白修羅，白修羅矮身躲開，再順勢抱著羅浮的腿把他一下子摔倒在地，接著手腳並用地像蟒蛇般緊緊絞纏而上，壓迫羅浮的頸動脈和氣管。

羅浮的右手依舊握著短劍，他用盡最後的力氣把它刺進白修羅的胸口，並轉動劍柄，然而白修羅好似沒有痛覺，死也不肯放鬆箝制。

藍之國的前任和現任國王苦苦糾纏了好一會，最終兩敗俱傷。

「緊急插播～藍之國正式宣告滅亡，只剩下兩個國家了，要繼續努力喔！啾咪啾咪～」

隨著羅浮斷氣，系統傳來通知訊息。

另一方面，白修羅也已距離死亡不遠，卻還是掙扎著想站起身。

韓品儒實在很想問白修羅，到底是什麼使他如此死心不息？即使走過了火獄仍要回來奮戰？即使被血海淹沒也不願放棄？是「命令」嗎？還是……

答案很快浮現。

「咕……呃！」

白修羅轉動著眼珠子看向李宥翔，喉頭上下滾動著像是想說什麼，下一秒卻吐出一大口血來。

李宥翊走到白修羅面前，對白修羅低聲說了句「謝謝你」，之後便用匕首俐落地割斷對方的頸動脈，殺死了這名爲他獻上生命的騎士。

沈雪松使用主教的能力把韓品儒凍結在原地，並用刀片劃向他的脖子，韓品儒無法避開，千鈞一髮之際，宋櫻舉起椅子毆打沈雪松的頭部，使他暈倒在地。

「宋櫻，後面！」韓品儒突然緊張地大喊。

感到身後有股殺氣襲來，宋櫻趕緊往旁邊閃避，原本就要刺中她脖子的刀刃落了空。李宥翊一擊不成，很快再度攻擊，宋櫻這次被刺中背部，頓時痛得無法站立，搖晃著倒地。

教室裡遍地全是血腥，七個人裡有五個倒了下去，還站著的人只剩韓品儒和李宥翊。

「我給你最後一次機會。」李宥翊對韓品儒說，「你可以使用兌子跟沈雪松交換身分，加入黑之國。」

「就像白修羅那樣？」韓品儒質問，「最後換來脖子的一刀？」

「我無法救他，只能提前結束他的痛苦。」李宥翊沉著地回答，「這次讓你加入黑之國沒有任何條件，你不用當間諜，我單純是想救你一命。」

韓品儒沉默了一下，「你爲什麼要這樣做？招兵買馬準備下場遊戲可利用的棋子？」

「我的用意不是很明顯嗎？」李宥翊反問，「如果你硬要說成是招兵買馬，那就是招兵買馬吧。」

「那……好吧。」韓品儒說，「我會加入黑之國，可是我有一個條件，那就是要讓宋櫻也一起加入。」

「被人拯救還要談條件，這還眞是——」

下一秒，李宥翔驀地閃身躲避，一把匕首從他旁邊掠過，卻無法損他分毫——宋櫻的偷襲宣告失敗。

主教的凍結效果只能持續五分鐘，韓品儒正好在這時候恢復了行動能力，於是也迅速抄起一張桌子圍攻李宥翔，往他頭頂砸下去。

趁著李宥翔避開桌子的同時，宋櫻往他背部狠刺一刀，李宥翔痛哼了聲，轉身一腳踹開她，宋櫻撞上一組桌椅後倒在地上。

「假裝談判，其實是在拖延時間等待機會，品儒你進步了。」

李宥翔蹙著眉頭，伸手按住背部的傷口。

韓品儒走過去扶起宋櫻，把她的手臂搭在自己肩上。

「宥翔，遊戲快要結束了，我們就此休戰，剩下的時間裡各走各的路吧。」

沉重地拋下這句話後，韓品儒和宋櫻一起離開了教室。

♚ ♛ ♜ ♝ ♞ ♟

走出教學大樓，大地正充分沐浴在溫暖的朝陽之中。

他們迎來了夏天的早晨，校園裡到處生機蓬勃，綠意盎然。

然而像是要對這樣的景色進行最無情的諷刺，不少地方皆散落著屍塊和殘肢，大樓轉角、路燈下方、噴泉旁邊、花叢深處……整間學校彷彿是個大型亂葬崗。

韓品儒扶著宋櫻一步步地走，卻感到她的身體正在一點一點下沉，他們遍體鱗傷，身上每個毛孔都散發著死亡的氣味，儼然行屍走肉。

最終他們無法再走下去，在一棵杏樹下止住了腳步。

韓品儒讓宋櫻倚著樹幹坐下，陽光被枝葉切碎，在宋櫻的身上投下不規則的光斑。

她的傷勢比韓品儒更爲嚴重，身上有多處血跡正在擴散，已是處於死亡邊緣。

「看來我……只能陪你到這裡了……」宋櫻低聲說，整個人虛弱得宛如隨時會消散，「接下來的事……就交給你了……」

雖然明白這一刻總是會來臨，可是事到如今，韓品儒才發現自己遠遠還沒作好準備。

「不……不……」

他語不成句，淚如泉湧，只是緊緊地抱著宋櫻，好似這樣做就能永遠地把她留住。

「『計畫』……應該會成功吧？那麼……我們很快就會再見了……」

此時此刻，韓品儒的腦中已經容不下宋櫻以外的任何人事物，包括他們始終念茲在茲的「計畫」。

他很後悔，後悔沒有抓緊每一個跟宋櫻相處的機會，沒有傾訴出每一句想對她說的話語，他總是被什麼追逐著，只顧逃離身後的一切，卻忘記身旁的人才是最重要的。

他不曾在生命裡對一個人如此的愛慕和眷戀，宋櫻是他的劍和盾，他的希望所在和勇氣泉源，這世上再也找不到這樣一個女孩，會如此義無反顧地無數次陪伴他出生入死。

「宋櫻，我——」

他把嘴唇埋在宋櫻耳邊，低聲說出了那句他一直埋藏在心底、遲來的愛語。

宋櫻的嘴角浮現一絲似有若無的笑，最終緩緩垂下了睫毛。

櫻花凋零，天地間的一切瞬間黯然失色。

♚ ♛ ♜ ♝ ♞ ♟

距離遊戲結束僅餘兩個多小時，整個校園只剩下兩個人，那就是白之國和黑之國的國王——韓品儒和李宥翔。

在西洋棋裡，當一盤棋下到只剩兩名國王、誰也無法將死對方時，便只能走上和棋一途，這場將軍遊戲也相同。

「和棋」正是韓品儒和宋櫻一直以來的計畫。

打從一開始，他們就不打算讓這場遊戲有任何勝出者，包括他們自己在內。因爲他們相信唯有這樣做才能斬斷輪迴，把所有人從恐怖的莫比烏斯環釋放。

六月上旬時，他們參觀了京司市的歷史博物館，並且經歷了一段詭異的夢境，那似乎正是「遊戲」的眞相。之後他們再深入調查獻己會，進一步整合了各種情報。

最後，他們把「遊戲」的前因後果歸納如下——

自古以來，這片土地便有所謂的「惡魔」作祟。

惡魔帶來無數災難，製造眾多禍害，導致生靈塗炭、屍橫遍野。

爲了生存，人們別無選擇，只能在祭司的指引下，獻上活人作爲祭品。他們將多名少年少女困在洞穴裡，強迫他們自相殘殺直至死亡爲止。

惡魔接受了獻祭，並且與人們定下契約，只要每四十年進行祭祀，祂就不會爲禍人間，甚至會賜下祝福。

自此之後，人們每四十年一次，以年輕的生命舉行活祭，以換取國泰民安。

獻祭順利地持續著，直到有一次，有數名少年少女不甘受死，從獻祭中逃脫，結果惡魔大爲震怒，爲此降下了空前的災禍。

人們只能把那些逃走的少年少女抓回來，並再次獻祭，且獻上更多祭品，最終成功取悅了惡魔。

從此，讓少數祭品活下來參加下一場獻祭成了慣例，每當獻祭年來臨，人們會舉行一次比一次盛大的獻祭，使用五花八門的方式迫使祭品自相殘殺，直至無人存活爲止。

進入現代，活人獻祭的習俗不容於文明社會，人們決定埋葬這段殘忍的歷史，全面終止這種野蠻的活動。但是有些人害怕此舉會觸怒惡魔，於是堅持把這項習俗延續下去。

這些人利用西方宗教的名義借屍還魂，並藉著惡魔的力量成立了名爲「獻己會」的組織。

獻己會隱藏在教會和辦學團體的外殼下，以校園作爲祭祀舞臺，以學生作爲祭品，繼續每四十年展開殘酷的活人獻祭。

一九八〇年的聖楓高中學生集體死亡事件，正是一場由獻己會主導、發生在現代社會的活人獻祭悲劇。由於沒有學生能夠從第一場獻祭中活下來，因此該年的獻祭僅僅舉辦了一次就迎來終結。

四十年後的二〇二〇年，聖楓高中再次成爲活人獻祭的舞臺，這次有三名學生倖存。三個月後，聖櫻高中舉行了第二場獻祭，這次有四名學生存活。再過了三個月，聖杏高中成爲第三場活人獻祭的舉辦地點。

如果有人從聖杏高中的獻祭中倖存下來，接下來便會有第四場獻祭；假使無人生還，那麼獻祭就到此爲止，待四十年後才重啟。

每當獻祭結束後，一般大眾的記憶和相關紀錄將被篡改和刪除，所有不合理的地方都會被掩飾和修補，只有少數痕跡能夠殘存。有些痕跡化爲了怪談口耳相傳下去，有些則是在獻祭進行時才會重新浮現。

時至今日，獻祭不再叫做獻祭，而是被稱爲——「遊戲」。

韓品儒和宋櫻不知道這是眞相的全部，或者背後另有更大的陰謀，他們只知道，他們的力量不足以對抗這一切。他們僅僅窺見了黑暗的一小部分，便已萬劫不復。

他們正是被選中獻祭給惡魔的少年少女，如同被送進迷宮給米諾陶洛斯吃的孩子一樣，從被選中的那一刻起，他們就只剩下一種命運。

他們的犧牲換來了京司市和鄰近地區的繁榮安定，這讓韓品儒不禁思考，若是獻祭沒有舉行，將會有怎樣可怕的災禍降臨此地？

聽說近來有種由新型病毒引起的疫症正在世界各地蔓延，可是京司市尚未有患者出現，這會不會就是活人獻祭的功勞？還是所謂的獻祭根本只是惡魔玩弄人類的把戲，災禍本來就會自然而然地出現和消失？

答案究竟如何，他永遠都不會知曉。

然而他認爲「遊戲」無權把他們玩弄在股掌之上，他要用僅有的力量向那片黑暗作出最後的宣戰，讓慘無人道的試煉步向終結。

結束將軍遊戲的方法有三種，第一種是消滅其他三個國家，成爲存活下來的唯一一個國家；第二種是跟其他國家打成平手，分不出勝負，然後在遊戲結束時一起被抹殺；至於第三種，則是所有國家的人在同一時間死去，使遊戲提早結束。

爲了達成「和棋」，韓品儒曾經想過，要是白之國在終局時占了上風，他可能不得不扯白之國的後腿來平衡局面。幸好直到最終他都不用做出背叛白之國和尹暮生的事，這大概是命運留給他的一點仁慈。

韓品儒明白這個計畫對其他同學而言並不公平，他想透過同歸於盡終結遊戲，並不代表其他人也得有相同的覺悟。他無權要求大家陪葬，他們也有選擇生存下去、繼續參加下一場遊戲的權利。

而且他這樣做，雖然可以讓「遊戲」在他們這一代終結，但是四十年後仍會再次重啟，他並無法徹底讓活人獻祭從世上消失。

可這是他的能力範圍內所能做出的最好選擇了。

打從宋櫻死去的那刻起，韓品儒覺得自己也跟著她死去了，現在依然活著的，僅僅是一具空殼。

韓品儒拖著殘破的身軀來到校史館，走進位於最深處的檔案庫。

他從口袋裡拿出一本手掌大小的深褐色皮革筆記簿，他曾經在裡面逐字逐句寫下自己的心血，包括那篇以李宥翔作爲主角原型的〈玩牌的人〉，期待未來的某天可以出版成書。

然而這份希冀早已連同成爲作家的願望一起被打碎，成了永遠無法實現的夢想。

他做了四十年前的某位學生做過的事，在筆記簿裡寫下塔羅遊戲和撲克遊戲的種種經過。這幾天，他一有空也會提筆記錄將軍遊戲，現在他決定把結局也寫上去。

在將軍遊戲結束後，這一切將會被世人遺忘得一乾二淨，不過依然有某些東西能夠留下。他深深地盼望著，當四十年後遊戲再次舉行，這本筆記簿能夠在黑暗中爲玩家們帶來微弱的曙光。

即使他無法成爲作家，他還是希望自己的文字能夠被閱讀，哪怕是在遙遠的四十年後。懷著這份心願，他對著筆記簿暗暗祈禱，而後把這份將會塵封四十年的禮物放在某個檔案櫃深處。

事情辦妥後，韓品儒離開校史館，但他明白現在還不能鬆懈，因爲將軍遊戲尚未結束。

「呃……」

毒氣和傷口還在深深地折磨著韓品儒，他必須先想辦法續命，要是現在就倒下，那一切的努力就會成空。

韓品儒強撐著身子，靠著意志力鞭策自己前進。他回到了教堂，這裡的竊聽器已被拆除，因此他的行蹤不會被發現。

雖然此處已成廢墟，而且隨時可能倒塌，不過仍是白之國的基地，仍是屬於他的王國。只要待在這裡，他便能夠苟延殘喘。

現在差不多是早上八點，他只要再熬過一個多小時，一切就會塵埃落定。他透過雷達密切監視著四周的情況，要是看見李宥翔的蹤影，他會立刻轉移位置。

他在教堂的某個偏僻角落蜷縮成一團，試圖讓身體沒那麼痛。他早已累得連眼皮都無力睜開，卻不敢睡著，就怕從此一睡不起……

♚ ♛ ♜ ♝ ♞ ♟

韓品儒緩緩睜開眼睛。

他發現自己身處於某個房間，這裡有許多組整齊排列著的木製桌椅，正面的牆上有塊大型的深綠色板子，還有一張講桌。右邊的牆上有塊軟木板，左邊則有一整列窗，窗外的天空藍得像是用油漆塗上去的一樣。

他坐在房間正中央的椅子上，身上穿著乾淨整齊的外套、白襯衫、長褲，脖子掛著領帶，襟前別著聖楓高中的校徽，全身上下完好無缺，沒有半點傷口和痛楚。

他呆呆地出神，腦袋一片渾沌，過了好一段時間才意識到自己是在某間教室之中，可是對於自己爲什麼會來到這裡，他依舊相當困惑和不解。

「我明明是在……這裡到底是……」

放眼四周，教室裡除了他以外沒有任何人，講桌上倒是有隻用毛線纏成的娃娃。娃娃的造型十分眼熟，正是遊戲的吉祥物。

下一秒，毛線娃娃像被魔法師賦予了生命一樣，在講桌上搖晃著用兩隻軟軟的腳站了起來，嘴巴一張一合地說話，聲音是一如既往的合成電子音。

「玩家你好～」

韓品儒手足無措地看著她，稍稍點了一下頭。

「來到這裡即表示你已經Game Over嘍～感謝試玩本公司最新開發的虛擬實境校園生存遊戲，希望你在遊玩過程裡有感受到樂趣喔～」

娃娃說完對韓品儒鞠了個躬。

韓品儒呆了片刻，「虛、虛擬實境……校園生存遊戲？那……那是什麼？」

「咦？你不知道嗎？所謂虛擬實境遊戲，即是你並非在現實中使用你的肉體玩遊戲，而是由機器直接發出訊號給你的大腦，讓你在虛擬世界裡遊玩唷～你的身體現在好端端地在遊戲艙裡，你現在感受到的所有事情全是在你的腦內發生的喔～」

韓品儒愣愣聽著，「所、所以，之前發生過的一切，塔羅遊戲、撲克遊戲、將軍遊戲……全都不是真的，只是一場……遊、遊、遊戲？」

「沒錯啦，從名稱也能知道吧？這是如假包換的『遊戲』啊～」

娃娃笑嘻嘻地說，還俏皮地對他扮了個鬼臉。

韓品儒實在難以置信，無論是眼睛看到的、耳朵聽到的、鼻子聞到的，甚至是皮膚感受到的，這一切都是那麼真切實在，怎可能是虛擬出來的？

但如果這些真的全是一場遊戲，那就代表——

「那、那麼……大家都沒有死？宋櫻呢？宥翔呢？其他人呢？他們在哪？」

「我就說了這是『遊戲』嘛，他們當然沒死，輸掉遊戲的玩家早就返回現實嘍～好啦好啦，我知道你還有山一樣多的問題，回去後自然會得到答案了～」

韓品儒還是忍不住問出了最關鍵的問題：「這、這是……真的是結束了吧？該、該不會又是遊戲關卡吧？」

娃娃側頭一笑，帶著幾分詭異氣息。

「你回去不就知道了？」

白霧升起，教室裡的景色逐漸朦朧，過了一會，濃霧慢慢消散，一個透明艙蓋緩緩向上掀開。

韓品儒的腦袋一片昏沉，四肢痠軟無力，在從直立式遊戲艙裡走出來的那刹，他幾乎是一下子仆倒在地上。

環顧四周，這裡是個倉庫似的巨大空間，無數遊戲艙鱗次櫛比地排列著，場面非常壯觀，彷彿軍事基地。

一名穿著研究員服裝的女性向他走來，「歡迎回到現實，韓品儒同學。我先帶你去休息，請跟我來。」

韓品儒渾渾噩噩地跟著她到了一間休息室。

「你剛從遊戲離開，需要一段時間適應，請先在這裡歇息一下。」研究員表示。

研究員離去後，韓品儒在休息室的沙發坐下來，接著視線被茶几上的平板電腦吸引住。電腦螢幕上顯示出一張遊戲的宣傳圖，一群戴著面具的學生坐在陰森的教室裡，每個人的課桌上都放了一張塔羅牌，下方還有一行聳動的標題寫著「虛擬實境生存遊戲．極致戰慄體驗」。

這張宣傳圖打開了記憶洪流的閘門，他終於回想起進入遊戲前所發生的事——

今天是聖楓高中二年一班電腦科進行課外教學的日子，科任老師帶著全班同學來到某間遊戲公司，讓他們試玩最新開發的虛擬實境校園生存遊戲。

經過健康評估後，他們分別進入了獨立遊戲艙內，在遊戲開始前，他們經歷了記憶調整的階段，這會使他們忘記這僅僅是個遊戲，以為接下來發生的事都是眞的。

當一切準備就緒，他們便在休眠氣體的作用下進入夢鄉，並且在遊戲起始點——教室裡醒過來。

弄清楚了前因後果，韓品儒有種終於撥雲見日的感覺，同時心中也升起難以名狀的失落感。

雖然遊戲是虛假的，可是他在遊戲裡投入過的情感是眞實的。

那些恐懼、那些絕望、那些掙扎、那些悸動……統統確實存在，他的情感被牽扯過，他的心臟有過共鳴。

在遊戲裡所產生的各種羈絆中，有一種特別深刻。

——宋櫻。

他和這名女孩在遊戲中一同出生入死，建立了深厚無比的情誼，而隨著遊戲結束，這一切皆化為泡影。

他和宋櫻在進入遊戲前，只是半生不熟的同班同學，連朋友也稱不上，假如沒有這個遊戲，他們大概只會是兩條平行線，不可能有交集。

當宋櫻得知經歷過的一切全是虛構的，她會讓這些不眞實的事物繼續留在她的人生當中嗎？

如果宋櫻選擇將遊戲和現實徹底切割，他不會怪她。那樣耀眼的女孩，他能夠在遊戲中與她有過短暫的美好時光，他已經別無所求。

雖然相當不捨，韓品儒還是決定將這段櫻色的美夢埋藏在內心深處，令這個回憶成爲珍藏一輩子的寶物。走出這個休息室後，世界將會回歸正常，他和宋櫻仍是同班同學，除此再無其他。

休息完畢，研究員把韓品儒帶到遊戲公司大樓的入口大廳。遠遠的他便看見一群正在聊天笑鬧的少年少女，他們是他的同學，比他更早返回了現實世界。

見到那些熟悉身影的瞬間，韓品儒忍不住紅了眼眶，直到此刻，他才終於眞正有了重回現實的感覺。

「品儒！」

一名正在吃零食的男生笑著熱烈向他揮手，那頭栗髮讓他不禁呼吸一窒——是溫郁謙。

「品儒同學！」歐陽奈奈也發現了他，頓時開心得滿臉放光，在她旁邊的是武唯楓。

「韓品儒你終於出來了，你玩得可眞久啊。」陸博文微笑著推了下眼鏡。

本已消逝的音容笑貌再次出現在眼前，使得韓品儒想哭又想笑，正當他要走向他們時，身後忽然傳來一道冷淡的嗓音。

「小韓。」

聽見這個稱呼，韓品儒渾身一顫，彷彿被雷電擊中。

他緩緩地轉過身，對方正是那個曾經與他同生共死的女孩。宋櫻臉上猶帶著冷笑似的微笑，稍稍牽動了眼角的兩顆淚痣，眼神深處透出喜悅的光芒。

這一刻，他什麼都顧不得了，只是衝過去緊緊地擁抱住她。

「太好了……那些都是假的……只是一場遊戲……」他哽咽著說，「妳沒有死，仍然好端端地活著……我們都活著，大家都活著……」

宋櫻也回擁他，並且輕輕撫摸他的頭髮。

「一個人撐到最後的你……辛苦了。」

「那些噩夢都只是遊戲而已……我們還活著……太好了……眞的……太好了……」

他們擁抱在一起，把頭擱在彼此的肩窩，兩個人的靈魂彷彿融為一體。

不知過了多久，四周的景色逐漸淡去，並且開始有白霧縈繞。

指尖傳來潮溼的觸感，韓品儒微感怪異，他的視線落向手掌，上面竟然沾滿了鮮紅色的液體。

此時，宋櫻的外貌發生變化，她的制服上到處都是血跡，全身布滿傷口，有的皮開肉綻，有的深可見骨。

「沒能陪你到最後……對不起。」她低聲說，眼裡充滿了歉疚與不捨。

「不……不……那不是眞的……只是一場遊戲……不是眞的……不是眞的……那只是一場遊戲……只是遊戲啊……」

韓品儒精神錯亂似的喃喃，宛如只要不斷強調就會成為事實。

他繼續緊抱宋櫻，想把她留住，可是宋櫻的身體逐漸崩壞瓦解，最後化作了塵埃。

「宋櫻……不要走……不要……求求妳……」

在即將消逝的前一刻，宋櫻在他耳邊說出了情人間的誓約之言。

「我──」

從夢中醒來，韓品儒滿臉都是淚水。

沒有什麼比失而復得後，又再次失去更痛苦了。他多麼希望那不是一場夢，而是這場遊戲眞正的結局，可惜事與願違。

此刻的他依舊身處於廢墟般的教堂，全身痛得像要炸裂，他還是孤獨一人，宋櫻早已離他而去。

他像個空殼似的坐在地上，呆呆盯著飄浮在空中的塵埃出神。過了好一會，他聽見了一道聲音，那是從校園裡的廣播器傳來的。

「品儒，我想跟你當面談一談，我在本館的頂樓等你。如果八點三十分後你沒有出現，我會從頂樓跳下去。」

聽到最後一句話，韓品儒不禁打了個寒顫，瞬間清醒過來。

說話的人毫無疑問是李宥翔，他大概是重啟了校園的電力，並且待在播音室之中。李宥翔把這番話又重覆了兩次，唯恐韓品儒沒聽到一樣，冷靜沉穩的嗓音透過廣播器在廣闊的校園裡迴盪。

韓品儒緊緊皺起了眉頭。他以爲只要兩人在這段時間內保持距離便能相安無事，卻想不到李宥翔會用自殺來要脅。萬一李宥翔眞的死了，韓品儒就會自動成爲將軍遊戲的勝出者，進入下一場遊戲。

這是陷阱，宥翔不可能自殺，他只是想引我現身，我大概不用去到頂樓，只要進入本館的範圍就會被殺……韓品儒心想，推敲著李宥翔這番話背後的用意。

無論怎麼思考，韓品儒得出的結論都是「絕對不能去」。他決定當作沒聽見這段話，若他堅決不肯上當，李宥翔也奈何不了他。

但是……宥翔眞的不可能自殺嗎？眞的是這樣嗎？他在腦海裡反覆自問。

萬一李宥翔眞的跳樓身亡，一切的努力——宋櫻的努力就會付諸東流。一想到這點，韓品儒不禁捏緊了拳頭。

他不能讓這種事發生，他必須阻止李宥翔自殺，或是必須跟對方同歸於盡。

現在是早上八點十五分，距離李宥翔預告的時限還有十五分鐘，他能趕得上。

當韓品儒抵達通稱「本館」的教學大樓時，他用雷達檢查了一下，頂樓有枚黑色的國王棋子，李宥翔確實在那裡等著。

出乎他的意料，本館裡並未設置任何陷阱，他一路暢通無阻地來到七樓，通往頂樓的門就在眼前。

把門推開，映入眼簾的是藍得近乎刺目的七月天空。

約三公尺高的鐵絲網將頂樓的四周圍了起來，不知是爲了方便外牆維護的作業，還是有其他原因，其中一邊留了個寬闊的缺口。

李宥翔正是面對這個缺口站著，他的面前沒有任何障礙物，只要往前踏出一步，便會墜樓而亡。

李宥翔回過頭來，「你果然來了。」

「你不要跳下去。」韓品儒連忙開口，「你有什麼想對我說的？」

「我把你叫來這裡，是想正式向你告別，同時恭喜你勝出遊戲。」李宥翔淡淡地說，「我必須承認，這盤棋是我輸了，但我也不會讓我的對手如願以償。只要我從這裡跳下去，將軍遊戲就會在瞬間結束，你也會被迫進入下場遊戲。」

「宥翔，遊戲就快結束了，你何必這樣？」韓品儒緊張地說，「這場遊戲你沒有輸，我也沒有贏，我們打成了平手。只要我們以『和棋』收場，遊戲就不會延續下去，不會再有人犧牲，就讓殺戮的輪迴在這裡終結吧。」

「所以你就要讓我犧牲嗎？」李宥翔質問，「比起仍然活著的同學，你更在乎那些會被捲入下一場遊戲、素未謀面的陌生人？」

韓品儒沉默了一下，「宥翔，你數過自塔羅遊戲以來，有多少人因你而死嗎？我不是想要責怪你，因爲我的手也不是乾淨的……血債只能血償，我們必須親自爲我們犯下的錯贖罪。」

「你在逃避我的問題。」李宥翔搖搖頭，「不過算了，正如我剛才所說，我把你叫來這裡是想告別，我的目的已經達成了。」

李宥翔轉回去面向鐵絲網的缺口，接著縱身躍下，韓品儒見狀像離弦的箭般衝了過去，伸長了手想拉住人，然而他的指尖碰到的只有空氣。

砰！

重物墜地的聲音重重敲向韓品儒的心臟，他不敢俯身去看地面的景象，他知道那遠遠超過他的靈魂所能承受的。

他在頂樓的邊緣呆呆站著，接著突然意識到一件事，於是探出上半身往下張望。剎那間，他被一顆迎面飛來的堅硬球體砸中，頓時立足不穩朝下方墜落。

砰！

他比想像中更快碰到地面，著地的一刻左邊小腿傳來劇痛，清脆的聲響告訴他這多半是骨折了。

下一秒，身後襲來風壓，韓品儒趕緊往旁邊閃避，卻還是被球棒打中肩頭，他覺得自己的肩胛骨也要保不住了。他從口袋拿出匕首，趁著李宥翔再度舉起球棒時，狠狠地劃向對方的腿部，暫時逼退了襲擊他的人。

韓品儒看得清楚，這裡是一個用來放置體育用品的平臺，距離頂樓約有五、六公尺。旁邊有體育課用的軟墊，李宥翔剛才正是看準了位置跳下來，因此毫髮無損，軟墊也吸收了他落地的聲音；而韓品儒不明就裡，著陸的地方只是普通的硬地。

此外平臺上還堆了幾個沙包，李宥翔多半是預先將其中一個放在平臺邊緣，跳下來後再順勢把其中一個踹下樓，他方才聽見的巨響正是沙包掉到地面的聲音。

不過讓韓品儒察覺不對勁的並非異樣的聲響，而是李宥翔「墜樓」後手機遲遲沒有傳來將軍遊戲終結的訊息。

「宥翔，我不會殺你，但如果你要殺我，我是不會獨自去死的。」韓品儒忍著痛楚說，「這盤棋的結局會是『和棋』。」

李宥翔緊緊蹙著眉頭，按著沁血的背部，那裡曾被宋櫻刺傷，經過一連串的劇烈動作後，傷口的撕裂更嚴重了。

「那你就錯了。」李宥翔往平臺邊緣的護欄後退，「我們之間必定會分出勝負。」

當李宥翔踩上護欄時，韓品儒的身體比腦部反應更快，一下子衝上前抓住了他的手臂，但李宥翔的身體已經超出護欄，往下墜落而去。

「宥翔！」

韓品儒趴在護欄上，雙手使盡力氣，死命抓住李宥翔的手臂。

「你先踩在窗沿上支撐身體，我再看看怎樣拉你上來！」

「看來你眞的很希望讓這個遊戲消失。」李宥翔語氣淡然，「居然這樣拚命去救你的敵人。」

「你知道我會救你不光是因爲這樣。」韓品儒咬著牙，「還有我不管你是怎麼想的，自始至終，無論你做了什麼……在我的內心深處，其實一直都當你是朋友。」

李宥翔臉上掠過一絲複雜的情緒。

「無論你是怎樣看待我所做的一切……我也是一直把你當成朋友。正因如此，我才希望你不要放棄，要竭盡全力活下去。」

韓品儒無法克制地發出了嘆息。

「宥翔，都到了這個地步，你就不要再說謊了吧。即使你眞的把我當成朋友，可是對你來說，朋友也就是一枚方便的棋子罷了。」

李宥翔沉默了一下，「不知你還記不記得，在塔羅遊戲開始後，你曾經問我『我們會不會活下來』，我那時是怎樣回答你的？」

「那麼宥翔……你覺得我們會活下來嗎？」

「我相信我們會的。你想活下去嗎？」

「我自然是想的……可是這遊戲實在太可怕了，我沒信心可以撐到最後……」

「既然你想活下去，那我答應你，無論如何我們都會活下來。」

韓品儒睜大眼睛。

「我很清楚你的性格，你是那種會對朋友由衷地信任的人，就像……曾經的我一樣。」李宥翔低聲說，「但是抱持著這種天眞的想法，是無法在殘酷的競爭中生存下來的，我所做的一切，某種程度上是爲了讓你意識到這一點。」

韓品儒眼裡浮現錯愕，對李宥翔的話感到難以置信。

「原來你……你一直都……」

「不過……你卻沒有因爲我的背叛而不再信任他人，始終都秉持著自己的初心，這點顯然與我不同。憑著這份信念，最後你贏得了勝利，而我則是輸了。」李宥翔輕嘆，「那篇〈玩牌的人〉……看來是要迎來結局了吧？」

韓品儒漸漸抓不住他的手臂，李宥翔也不再用窗沿支撐身體，他的手從韓品儒的指尖溜走。

在李宥翔往地面急速下墜時，韓品儒迅速重新抓住對方的手臂，但他的整個身體也離開了護欄，兩人皆處於半空中。

「對不起……」

韓品儒充滿歉意的嗓音有如一聲嘆息，不知是爲了沒能察覺到李宥翔深藏的友情，還是爲了兩人最終無法活下去。

他們化作折翼的飛鳥墜落到水泥地上，身體扭曲成不規則的形狀，潺潺流出的鮮血浸潤著地面。

僅存的意識即將消亡之際，最後一句話同時自兩名少年國王的唇齒間迸出，爲漫長的遊戲寫下了句點。

「將軍。」

致四十年後的你：

當你發現這本筆記簿的時候，恐怕這間學校已經發生了難以形容的可怕事件吧？現在的你大概很害怕、很迷茫、很絕望，不知道應該做什麼，也不知道可以做什麼……請相信我，這些心情我也有過。

我所能告訴你的是，千萬不要輕易放棄，無論前路多麼艱苦也要努力走下去，直到再也無法前行爲止。

在這個過程中，你可能會受傷，可能會哭泣，被朋友背叛，跟同學反目，甚至目睹人性最自私的一面，從此對他人失去信心。

但是，你也可能會發掘自己不曾有過的勇氣，還有邂逅給予你勇氣的人。

對方也許是個爲你向星星許下願望的少女，或是捨身爲同學擋下子彈的少年，又或者是某個像櫻花一樣美麗，擁有熾熱的靈魂，甘願與你同生共死的女孩。

接下來，讓我來告訴你，在我身上發生的故事——

身下傳來柔軟濡溼的觸感，彷彿躺在一堆肉糜上面，縈繞在鼻端的則是濃得化不開的血腥味。

急促的鳴笛聲自遠方傳來，逐漸逼近，接著響起一陣吵雜的人聲和奔跑的腳步聲，似乎有許多人正在往這邊趕來。

睫毛輕輕搧動，眼皮緩緩睜開，映入眼簾的是藍得耀眼的夏日天空、青翠欲滴的樹葉和金黃飽滿的杏子，以及一幢樓高七層的校舍。

「這名男同學還有意識！」救護員高喊，「快拿擔架過來！快點！」

一支手機從他的口袋裡掉了出來，上面顯示著四個字——

（全文完）

番外 The Rise of a King

「宥翔，這位是張阿姨。」一名婦人向兒子介紹新來的幫傭，「她從今天起會在我們家工作。」

「張阿姨妳好。」婦人的兒子——李宥翔向她打招呼。

「小少爺您好。」張阿姨畢恭畢敬地躬身回應。

張阿姨年約四十餘，雖然跟李宥翔的母親年紀相近，兩人的外貌卻天差地遠。李母容貌美麗、氣質高雅，一副養尊處優的貴婦模樣；張阿姨則駝背曲腰，兩鬢斑白，還未步入老年已是一臉滄桑。

「還有這位是張阿姨的兒子，名字是……弘翰，對嗎？」李母看著張阿姨身旁的男孩，不太確定地問。

「是的，他叫張弘翰。」張阿姨說，「今年十三歲，念國一。」

「眞巧，剛好跟宥翔同年。」李母溫婉一笑，「他們說不定能成爲好朋友呢。」

占地廣闊的李家大宅裡，房間多不勝數，此刻在某間書房中，一名男孩正在擺弄一套放在桌上的西洋棋。

咿啞——

男孩被開門的聲音嚇了一跳，手裡一下拿不穩棋子，那枚水晶製的精美棋子頓時掉落在地，摔得四分五裂。

當見到進來的人是這間大宅的少主人李宥翔時，男孩嚇得趕緊道歉。

「對不起！」男孩——張弘翰深深低著頭，「我……我會想辦法賠償這枚棋子，請原諒我。」

「沒關係，只是一枚棋子而已，你別緊張。」李宥翔安慰他，又問：「你喜歡下西洋棋？」

「是的。」張弘翰有點不好意思地說，「我學過西洋棋，也拿過比賽冠軍。」

當說出最後一句話時，他的眼中隱隱透出自信的光芒。

李宥翔微微一笑，「那要不要來下一局？」

以西洋棋作爲契機，李宥翔和張弘翰正式展開了交流。

跟他們的母親一樣，這兩名男孩雖然年紀相同，所處的卻彷彿是兩個世界。

李宥翔的父親是公司社長，坐擁龐大的商業王國，母親則是富家名媛，因此他得天獨厚，從小就過著王子般的生活，而張弘翰與他截然相反。

「我爸在我七歲時就拋棄了我和媽媽，他什麼也沒留給我們，除了一屁股債。」認識了一段時間後，張弘翰向李宥翔道出自己的過去，「我媽每天打三份工，我們省吃儉用，這才勉強可以還債和糊口。」

「這樣的日子太不容易了，張阿姨實在是位值得敬重的女士。」李宥翔由衷表示。

「我媽常說，雖然她無法給我優渥的成長環境，但是我不能拿這點當藉口，從而自暴自棄。」張弘翰神情認眞，「她教導我必須力爭上游，告訴這個世界哪怕生來是輸家，只要肯努力，最終也能成爲贏家。」

李宥翔淺淺一笑，「我同意。」

♚ ♛ ♜ ♝ ♞ ♟

「這次的考試還是李宥翔拿第一呢。」

「張弘翰又輸了，這次也是第二名。」

「明明同樣是高材生，卻是萬年輸家，如果我是他一定超不甘心。」

中午時分的某間國中裡，一眾二年級學生聚集在公布欄前方，對著貼在上面的成績排榜議論紛紛。

「對了，你們有聽說上禮拜三班的高娉婷跟李宥翔告白了嗎？」

「那個高嶺之花？聽說只有男生排隊追她，沒聽過她倒追男生的。」

「更勁爆的是，原來張弘翰跟高娉婷告白過，不過被拒絕了。」

「張弘翰也太可憐了，其實他長得滿帥的，又是全年級第二名，高娉婷選他也不虧。」

「這很正常吧？」一名男生說，「如果我是高娉婷，當然也會選李宥翔。即使不談成績，李宥翔在家世方面也完勝張弘翰，張弘翰想贏他是自不量力。」

「你這樣說不太好吧？」一名女生使了個眼色，示意他別再說下去。

「這就是事實啊！」那名男生領會不了，繼續高談闊論，「張弘翰想贏李宥翔，大概只有重新投胎……你們怎麼都不說話了？」

直到此時他才發現氣氛不對勁，於是扭過頭去，赫然看到兩名當事人——李宥翔和張弘翰就在身後，場面彷彿在一瞬間凝固了。

幸好上課鈴聲適時響起，令尷尬的氛圍得以化解，眾人立刻作鳥獸散。有人在離開時偷偷打量著李宥翔和張弘翰，露出不懷好意的竊笑。

這天放學後，李宥翔和張弘翰一如往常並肩離開學校。雖然李宥翔家裡有轎車和司機，但是他不喜歡張揚，上下學都是跟其他同學一樣坐公車。

在前往公車站的路上，李宥翔和張弘翰沉默地走在一起。

對於圍繞著他們的流言蜚語，兩人始終沒有談論過，然而總有股微妙的氣氛在他們之間瀰漫。

「希望你不會把同學們的話放在心上。」李宥翔終於開口破冰，「他們就愛聊八卦，只是隨口說說而已。」

「嗯，我懂的。」張弘翰莞爾一笑，「你也別太在意。」

「那麼……」

「啊。」張弘翰突然拍了下腦袋，「我好像把作業留在置物櫃了，得回去拿一下。」

「我陪你去吧。」李宥翔表示。

「不用了，你先回家吧，我之後可能會再去圖書館待一陣子。」

張弘翰笑著拍他的肩，接著便折返學校，於是李宥翔也自行去搭車。

從這天起，他們再也沒有一起回家過。

♚ ♛ ♜ ♝ ♞ ♟

光陰似箭，自從張阿姨帶著兒子來到李家工作後，差不多過了三年，李宥翔和張弘翰轉眼已是國三生，踏入了國中的最後一年。

自從去年某天開始，李宥翔和張弘翰就逐漸疏遠，雖然偶爾碰到面時會打招呼，客套地聊上幾句，卻不再像以往那般深入交流。

李宥翔並非沒想過要化解兩人間的矛盾，可是升上國三後他們不同班，張弘翰在新班級似乎過得不錯，也交了別的朋友，大概已將所有不愉快拋諸腦後，於是他也不打擾了。

這天，李宥翔要去教職員室找老師，途經體育用品倉庫時，他發現大門半掩著，裡面傳出了聊天笑鬧的聲音，還有隱約的菸味。

李宥翔知道這個倉庫偶爾會有學生聚集，通常是不良少年蹺課躲在這裡，有時甚至會抽菸。

他雖是這間國中的學生會長，但並非正義感強烈的那類人。

基於責任和道義，他會挺身而出阻止惡行，不過他也了解水至清則無魚的道理，對於不太嚴重的違規行爲，他通常不會特別干預。而且校內風氣不錯，所謂的不良少年也只是些小奸小惡。

正當他打算直接走過時，卻聽見倉庫裡傳出某個人的聲音，讓他不由得止住了腳步。

「嘿，給我一根。」

那是張弘翰的嗓音，李宥翔已經想不起上次跟他說話是哪時候了。

「臭小子，你倒是自己去買啊，每次都跟我借。」一名男生罵他。

倉庫裡隨後傳出用打火機點火的聲響，看來張弘翰是成功借到菸了。

其他人抽菸李宥翔管不著，可是他不希望好友年紀輕輕便染上菸癮，不由得暗皺眉頭。

「想不到你也會抽菸，我還以爲你跟那個李宥翔一樣，是個乖乖牌呢。」另一名男生笑著說。

聽自己的名字被提起，李宥翔更是不禁凝神細聽。

張弘翰嗤笑一聲，「我本來就不是那種人。」

「你成績這麼好，還考到全年級第二名，應該花了不少時間念書吧？但還是贏不了李宥翔，眞可惜啊。」

「聽說你住在李宥翔家裡，你媽是他家的幫傭，是嗎？」

「哇靠，你這樣揭人瘡疤不好吧？」

不良少年們嘻嘻哈哈地說著。

張弘翰先是沉默了一下，之後彷彿故作輕鬆地說：「沒什麼瘡疤不瘡疤的，我們確實是寄人籬下。」

「欸，原來是眞的？不過你在李宥翔面前還滿自在的嘛，我也沒看過他對你擺少爺架子。」

「表面上是這樣啦。」張弘翰維持著滿不在乎的語調，「畢竟發財就得立品，要是被人傳出他們家不會教小孩就糟了。」

「有錢人可眞虛僞。」

「他畢竟是少爺，我還是得顧一下他的面子。」張弘翰表示，「所以每次考試我都會放一下水，身爲傭人可不能比主子更出風頭啊。」

聽到這裡，李宥翔的背脊升起一股寒意。

「原來你是放水？我就覺得奇怪，李宥翔怎可能每次都拿第一，這不合理啊。」

「其實每次都要讓他也滿辛苦的，不過這也是沒辦法的事。」張弘翰語帶笑意。

「嘖，富二代都去死吧，那種人一出生就什麼都有，成績好八成也是因爲請了家教，說不定他爸還用錢收買了老師。」

「媽的，李宥翔有夠礙眼，最討厭那種天生拿一手好牌的人了，不用努力就什麼都有，眞是垃圾。」

李宥翔全身像結了冰一樣，動彈不得。

他不是那種會因爲旁人的惡意中傷而動搖的人，然而聽見自己的一切努力被「天生拿一手好牌」這句話輕易抹殺，他的心中仍是隱隱刺痛。

只是不良少年們的批評再惡毒，仍不及張弘翰對自己的詆毀，他實在不敢相信這個被他視作朋友的人，竟是這樣痛恨著自己。

「菸也抽得差不多了，這就回去吧。」

不良少年們說完，一個個步出倉庫，李宥翔來不及離開，跟他們碰了個正著。

講壞話被當事人聽到，這群人也不當一回事，反而露出嘲諷挑釁的笑容，經過李宥翔身邊時還故意用肩頭撞他。

跟同伴們相反，張弘翰臉上血色全無，不小心跟李宥翔對上眼時更是立刻移開視線。

「夫人，眞的很感謝您這幾年來的關照，可是我從下個月開始就不能繼續在這裡工作了。」在李家大宅裡，張阿姨對李母說，「弘翰的阿公在別的城市留了房子給我們，我和弘翰下個月就要搬過去住了。」

「原來如此，雖然很可惜，但我也不好挽留你們。」李母溫言回應，「要是有什麼需要幫忙的地方，儘管開口，千萬別客氣。」

「謝謝您，我永遠不會忘記夫人您的恩情。」

一個月很快過去，轉眼就是張阿姨和張弘翰離開李家的日子，亦是國三期末考成績出爐的日子。

「哇塞，第一名終於換人了？」「張弘翰拿第一，李宥翔拿第二，天要下紅雨了？」「好樣的，我早就知道張弘翰會贏李宥翔。」「上次說張弘翰是萬年輸家的不就是你？」

學生們再次聚集在公布欄前方，像一群嘰嘰喳喳的麻雀般說個不停。

「你們有聽說嗎？張弘翰的媽媽原來是李宥翔家裡的幫傭，而且他們母子被欺負得有夠慘，那些有錢人根本不把幫傭當人看。」

「我知道，我還聽說張弘翰因爲不敢得罪李宥翔，一直以來都故意考得比他差，張弘翰眞的很委屈。」

「可是張弘翰這次拿第一耶？」

「那是因爲他媽媽辭職了，所以他終於不用再看李宥翔臉色……」

這天放學後，學生們魚貫離開學校，校門口附近出現人潮。

「嘿，恭喜你終於贏了李宥翔！」一名不良少年勾著張弘翰的肩，笑吟吟地說，「原來你眞的是因爲老媽在他家幫傭才讓他，我之前還以爲你是爲了顧面子才那樣說。」

「對啊，我們還偷偷開了賭盤，賭你這次會不會贏他，想不到你眞的拿了第一名，恭喜你啦！」另一名不良少年附和。

「等一下，該不會是李宥翔爲了替你圓謊，才故意考得比你差吧？哈哈，我開玩笑的啦！」

「對了，等等要不要去KTV？我知道有家KTV有很多正妹會去唱歌，連隔壁女校的校花也會去。」

「眞的嗎？我們這就去吧！」

「很不巧，我今天要打包搬家的行李，下次再跟你們一起去吧。」張弘翰笑了笑，「你們玩得開心點啊。」

跟狐朋狗友道別後，張弘翰卻沒有立刻返家，而是獨自前往學校的後山。

平時張弘翰爲了跟李宥翔錯開回家的時間，在離開學校後往往會先去其他地方閒晃一下，後山正是他其中一個常去的地方。

今天許多人都恭喜張弘翰拿到了第一名，但張弘翰沒有半點終於吐氣揚眉的感覺，反而積了滿肚子鬱悶，心情相當煩躁。

他來到學校後方的山丘，沿著崎嶇小徑抵達山頂的涼亭。這裡環境荒蕪，人跡罕至，此刻他卻遇見了一個意想不到的人。

「聽說你常來這邊散步。」那人正是李宥翔，「這裡的風景確實不錯，我偶爾也該來一下。」

張弘翰沉默了一會，問道：「你是來看我笑話的嗎？」

李宥翔搖頭，「我沒那麼想過。」

「那你是來同情我的嗎？」張弘翰微微咬著牙，「我不需要你同情，更不需要你放水。你這次明明也可以考第一名，爲什麼偏要讓給我？」

李宥翔沒有說話，只是冷靜地看著張弘翰發洩情緒。

「那天我在倉庫說的話你都聽見了吧？」張弘翰質問，「在你眼中，我就是個因爲輸不起，所以朝對手潑髒水的爛人吧？你爲什麼不把眞相告訴大家？你到底要裝好人到什麼時候？」

其實過往的每次考試，張弘翰皆是全力以赴，他的成績之所以不及李宥翔，就只是由於兩人的學習能力的確有段差距，跟其他因素無關。

同學們口耳相傳的流言亦與事實不符，李家從沒虐待過張母和張弘翰，雇傭關係相當融洽，李母甚至主動幫張母償還了債務，大大減輕了她的經濟負擔。

「被誤會也罷，只要我自己問心無愧就可以了。」李宥翔淡淡回答，「我來找你，是想把某樣東西送給你，作爲祝賀你搬家的禮物。」

李宥翔接著把一個精美的木盒放在涼亭的椅子上，裡面是一套全新的西洋棋。

「還有，這次考試我並沒有手下留情。」李宥翔補充，「可能因爲過去都考得不錯，所以這次我有點輕忽，複習得不夠認眞，名次會下滑也是理所當然。」

張弘翰沉默不語，表情卻逐漸陰暗起來。

「那麼祝你能夠考上心儀的高中，還有盡快適應新家。」李宥翔誠心表示，「很可惜不能再跟你一起下棋了，你實在是位不可多得的好對手。」

李宥翔說完便轉身離開涼亭，可是走沒幾步，背後卻傳來一道暴怒的聲音。

「你直到現在還是把我當笨蛋耍嗎？」張弘翰衝著他大聲咆哮，「我去教職員室偷看了你的考卷，其中有好幾題你在塡了正確的答案後又改成錯的……瞧不起人也該有個限度，你究竟要把我的自尊踐踏到什麼地步才甘心？去死吧！」

長久以來累積的怨恨，終於在此刻衝破了臨界點，下一秒，張弘翰紅著眼狠推了李宥翔一把，李宥翔一個立足不穩，從山頂往懸崖直墜而下——

我在哪裡？這是什麼地方？對了，我從山頂掉了下來……這個觸感，我是在一棵樹上？

恢復意識後，李宥翔的腦中塞滿了疑問。睜眼只見四周漆黑一片，已是深夜時分，而他則身處一棵大樹的樹幹上。

按情況推斷，他從山頂摔落時，應該是撞上了這棵長在峭壁上的大樹，並且卡在樹幹之間，這才免於直接墜入深淵。

如果沒有這棵樹，恐怕我已經……等一下，樹幹好像快要斷裂了，我要掉下去了嗎？

我……要死了嗎？

李宥翔心想，當「死亡」這個念頭劃過腦海，他瞬間被強烈的恐懼侵襲，這種害怕到極點的感覺，是他十五年的人生裡不曾體驗過的。

他以前也思考過關於死亡的問題，也曾對自己會從世上消失感到怯畏，但是想像和現實畢竟有著差距，當死亡真正臨頭時，那種感受是想像不能比擬的。

然而越是驚慌，他便越是鎮定；越是害怕，他便越是淡然。他對自己會有這樣的反應感到不可思議，恐懼和冷靜這兩種矛盾的情緒並行不悖，並交織在一起，轉化成驅使他生存下去的強大能量。

他此刻的思緒比任何時刻都要清晰，彷彿靈魂已脫離了肉身，正在另一個空間以超然物外的目光去看待發生的一切。

這讓他能夠以理性、客觀、冷靜，甚至是冷酷的角度去分析狀況，從而制定策略，以突破困境生存下去。

他的手機弄丟了，無法報警求助，必須努力自救。這根樹幹撐不了多久就會斷掉，他必須盡快離開此處，爬到那邊穩固的岩石上。他的右腳被樹洞卡死，假如強行拔出來可能會骨折，不過這點犧牲是必要的……

「宥翔。」

當李宥翔再次恢復意識時，首先映入眼簾的是醫院純白的天花板，以及滿臉憂慮的母親。

「太好了，宥翔你終於醒來了。」坐在病床旁邊的李母吁了口氣，顯得如釋重負。

李宥翔的腦袋仍然昏沉，各式各樣的記憶碎片在腦海裡亂飛。

「到底……發生了什麼事……」

「你撞到了頭，小腿骨折，全身多處受傷，送醫院後昏迷了整整兩天。」李母心疼地摸著兒子的頭髮。

「把我送來的……是誰？」李宥翔問。

「那天你遲遲沒有回家，於是我去了警局報案。」李母表示，「警察由天黑搜索到天亮，之後在學校後山發現了求救訊號，這才在某處懸崖找到你。那時你正在一塊岩石上苦苦支撐著，並用手錶反射陽光來求救。」

「原來……是警察發現我的。」李宥翔呢喃，語氣似乎帶著一絲傷感。

「你爲什麼會去那座山？」李母詢問，「你是自己一個人去的嗎？」

李宥翔並未回答母親的疑問。

暑假過後，李宥翔升上了聖楓高中，正式成爲一名高中生。

他在新學校很快嶄露頭角，不僅成績是全年級第一，還當選班長和學生會副會長，大家都認爲他明年升上高二後，必定能夠成爲會長。

在這間學校裡，他遇見了形形色色的同學，也交到了新朋友，不過有了前車之鑑，他不太敢跟他們過於深入地交流。

——誰知道這些伸過來的友誼之手，會不會再次把他推入萬丈深淵？

這天是文化週，聖楓高中開放校園讓外界參觀，到處人山人海，各個班級和社團都在極力招攬客人。

李宥翔除了是學生會副會長，亦是西洋棋社成員，因此需要幫忙社團擺攤宣傳。他雖是業餘的西洋棋愛好者，但連指導老師都說他已具備職業級水準，要是以專業棋手爲目標必定大有作爲。

「請問這裡可以下棋嗎？」

運動場上，在西洋棋社的攤位前方，一名來自其他高中的男生問。

李宥翔沒有抬頭，只淡然回應：「嗯，請坐。」

於是那名男生拉開椅子，在李宥翔面前坐下，兩人之間相隔一張桌子，上面放了一套西洋棋。

「那我們開始吧。」李宥翔表示。

當那名男生執起白棋士兵，他們身處的這片天地就搖身一變，從喧鬧不堪的校園化爲只有黑白雙色的殺戮戰場。

兩人在六十四個格子上展開激烈的廝殺，彼此針鋒相對、互不相讓，如同他們過去做過的無數次那樣。

「將軍。」

大約一個小時後，勝負終於分曉，那名男生注視著倒下的白棋國王，微微嘆氣，臉上的表情似乎帶著一絲不甘，卻又彷彿早已料到結果會是如此。

「謝謝你這次沒有相讓。」

男生低聲說完便轉身離開，消失在文化週的茫茫人海中。

離開前，他在棋盤上留下一張折起來的紙條，李宥翔把它打開，閱讀起寫在上面的文字。

那天我確實想殺了你，因此把你推下懸崖後，我本可立刻報警求助，但我沒有這麼做。老實說，對此我沒太多後悔，只要能贏過你，我會不惜任何代價。

我不打算請求你的原諒，要是你想向我提告，可以把這張紙條當成自白書，我早已做好被逮捕的覺悟了。

雖然在很多人眼中，你的一切成就都是來自父母的庇蔭，不過我知道你是憑著自身的才能和意志，哪怕你生來是士兵，總有一天也會成爲國王。

無可否認，我在各方面都輸給你，然而我有一點比你更具優勢，那就是我比你更不擇手段。爲了奪取勝利，哪怕是朋友，哪怕是同學，我也能夠毫不猶豫地痛下殺手。

作爲曾經的朋友，我想給你一個忠告。要是你將來置身於殘酷的競爭之中，千萬不能因爲對方是朋友或同學就手下留情，爲了生存而不惜一切是理所當然的。

人一死就萬事皆空，生存即勝利，死亡是終極的敗北。

李宥翔看得很慢，宛如要把紙上的每個字、每句話都深深刻進眼底。

讀完整張紙條，他沉默了很長一段時間，之後才一點一點地撕毀紙條，讓整張紙連同上下款的名字都變成碎片，再任由紙屑隨風飄散。

「你的忠告……我收下了。」他低聲說。

他早已對所謂的友情不抱太大期待，萬一眞的處於需要犧牲朋友的情況，哪怕可能會有點不捨，他相信自己是下得了狠手的。

可是，假若出現了一個能夠走進他的內心、洞悉他的祕密、了解他天之驕子以外的另一面的人——一個眞眞正正的朋友，那他是否也能對這個人痛下殺手，他就不太確定了。

李宥翔在西洋棋社攤位當值的時間已經結束，接下來他必須處理學生會的事務。

進入校舍，他正要前往學生會室，卻在走廊的地上發現一本不知是誰遺落的筆記簿。

那本筆記簿的大小跟手掌差不多，封面是深褐色的皮革，他隨便翻了下，筆記簿的主人似乎很喜歡寫作，裡面都是一些短篇小故事。

當他翻到其中一篇叫〈玩牌的人〉的故事時，起初只是想稍微瞄一下，接著卻不由自主地被當中的情節吸引。

那篇故事講述在某個遙遠的國家，有位王子由於遭到背叛而流落民間，並且意外捲入了一場驚心動魄的賭局。王子憑藉實力戰勝了多名對手，哪怕屢次拿到爛牌，他都能夠扭轉乾坤、反敗爲勝。

不知不覺中，李宥翔站著看完了整篇故事，可惜這故事只寫到一半，不曉得那位王子最後是否順利返回了宮廷，登基成爲國王。

以外行人的角度來看，他認爲故事的設定太過複雜，劇情亦略嫌繁瑣，還有不少邏輯上的漏洞。但看得出來作者十分努力，花了許多時間蒐集資料，而且很用心地塑造角色，尤其是主角。

不知是否自己想太多，李宥翔總覺得從名字到外表到性格，這位主角怎麼看怎麼跟他相似，這使他格外的有代入感，感覺作者好像在透過故事跟他對話，所寫的臺詞一一打入了他的心坎。

如果是這位作者的話，或許……他能和對方成爲眞正的朋友吧？

李宥翔想著，又搖搖頭，爲自己荒誕的想法啞然失笑。他跟這位作者素昧平生，對方怎可能以他爲主角創作故事？更遑論成爲朋友了。

想到這裡，他才醒覺應該找一下筆記簿的主人到底是誰，將東西物歸原主。

他再翻了一下筆記簿，結果在最後一頁的角落發現了某個名字——

後記　Life is a Game

各位讀者好，我是夜間飛行。非常感謝閱讀到這裡的您，這場始於《塔羅遊戲》，終於《將軍遊戲》的旅程能夠有您相伴，實在是我莫大的幸福。本次後記同樣涉及劇透，建議閱畢全文再行觀看。

撰寫這篇後記時，新冠肺炎仍處於肆虐的高峰期，世界各地每天都有成千上萬的人死於疫情。在疾病面前，生命是如此脆弱，這讓我不禁思考：萬一明天我就要從世上消失了，我有留下存在過的證明嗎？

Play or Die系列似乎就是答案。這三本書是我耗費多年光陰、投入大量心血寫成，我彷彿把自己的一小段人生儲存在當中的文字裡，它們證明我來過這個世界。

跟兩本前作不同，比起人與人的競爭，《將軍遊戲》更著重群體之間的對抗，同時刻劃了個人與群體間的微妙關係。

高中時我經歷了一件事，至今使我難以忘懷。當時班導爲了團結班級、爲大家在考試前加油，特地舉辦了一次集氣大會。那次聚會很成功，大家都深受感動，幾乎每個女生都流下淚來。

然而我卻哭不出來，甚至一度覺得尷尬，但還是努力迎合氣氛，最終也稍微溼潤了眼眶。之後女生們一起去洗手間整理儀容，那些沒有哭泣的女孩似乎就被當成異類了。

對於大多數的高中生來說，所謂的社會事實上就是自己身處的班級，如果在班上被否定，就像被整個社會否定了似的。因此很多人都會刻意想融入群體，甚至不惜做出自己並不願意做的事。

在《將軍遊戲》裡，早期的「白之國」是個完美和諧的烏托邦，同時也是個充滿群體壓力的社會，當危機來臨時，這個理想鄉才被揭露了眞實——看似賢明的領袖其實是自私的獨裁者，看似團結的同學們只是一群盲目從眾的傀儡，所謂的烏托邦終究是虛幻的假象。

所幸韓品儒跟當年隨波逐流的我不同，擁有提出異議、反抗主流的勇氣。

要是您身處只容許一種聲音的社會，您會像韓品儒一樣勇於發聲嗎？

隨著本系列來到完結篇，橫跨三本書的謎團亦逐步揭曉。不過在最初的構思裡，遊戲的眞相跟現在大相逕庭。

在原本的設定中，這三場遊戲僅僅是虛擬實境遊戲，舉行的原因是爲了喚醒在現實世界中昏迷的李宥翔。但參考了文友們的寶貴意見後，我進行了修改，亦對如今的最終版本相當滿意。在此向兌現、佐爲、隱聿由衷地說聲謝謝。

關於故事的結尾，我並未清楚寫出那個活下來的男生究竟是誰。雖然我的心裡已有定案，還是決定交由讀者自行想像，或許在四十年後，我會把這個謎團解開吧。

要跟韓品儒、宋櫻、李宥翔這幾位主角作別，實在讓我依依不捨。

他們都是我傾盡心思塑造的角色，希望韓品儒的善良、宋櫻的堅強、李宥翔的理性都能夠在大家心裡留下深刻印象。

由於本系列劇情大多以韓品儒的視角撰寫，因此跟他處在同一陣營的宋櫻也有較多戲份，至於站在韓品儒對立面的李宥翔則較難展示他的內心想法。

有鑑及此，我特地爲李宥翔增寫了一篇番外，讓大家能夠更了解他的心路歷程。同樣遭遇背叛，韓品儒和李宥翔卻選擇了用不同的態度去面對，他們的命運也由此改變。

感謝思涵編輯細心地爲《將軍遊戲》進行校潤，本系列一路走來，眞的很高興能夠跟一位如此優秀的編輯合作，再多的言語都無法表達我的敬意。同時也必須感謝POPO原創提供了出版本系列的機會，讓我能夠一圓出書夢。

感謝SUI老師爲《將軍遊戲》繪製了無比精美的封面插畫，宋櫻的服裝非常華麗細緻，結合了制服和盔甲的造型盡顯巧思，在披風內側以浮世繪風格呈現的櫻花圖案堪稱神來之筆，每個細節都讓人讚歎不已。

最後，深深感謝一直支持這個系列的您，任故事再精彩，亦要有願意傾聽的讀者，謝謝您看見了這個故事。另外，特別感激從二〇一五年至今，始終都在等待作品出版成書的讀者，希望我寫下的後續沒有辜負你們的守候。

Play or Die系列在此正式寫下句點，人生有如遊戲，希望大家都能玩得一手好牌。

夜間飛行

附錄　西洋棋異能一覽表

【國王】
能力為國王入堡，可與本國的一名城堡交換位置。
使用次數不限，冷卻時間一小時，如城堡已全數死亡則無法使用。

【王后】
能力為變成全副武裝狀態，攻擊力、防禦力、移動速度均會增加。
武裝狀態將消耗大量體力，體力不支時會自動解除變身。
可使用權杖製作出能量球，其威力等同於小型炸彈。

【城堡】
能力為製造出防禦牆，可抵禦敵人的任何攻擊五分鐘。
使用次數不限，冷卻時間十分鐘。

【主教】
能力為施展法術凍結敵人，可讓敵人在五分鐘內動彈不得。
使用次數不限，冷卻時間十分鐘。

【騎士】
能力為變成人馬狀態，攻擊力、防禦力、移動速度均會增加。人馬狀態將消耗大量體力，體力不支時會自動解除變身。

【士兵】
基本能力為體能增強，特殊能力是死後會變成喪屍兵，無差別地攻擊其他玩家，只有腦部被破壞才會停止活動。

國家圖書館出版品預行編目資料

將軍遊戲 / 夜間飛行著. -- 初版. -- 臺北市；城邦原創出版：英屬蓋曼群島商家庭傳媒股份有限公司城邦分公司發行, 2021.06
面；　公分. --（Play or die系列 ; 3）

ISBN 978-986-06589-4-1（平裝）

857.7　　110009206

將軍遊戲（Play or Die系列03（完））

作　　者／夜間飛行
企畫選書／楊馥蔓
責任編輯／陳思涵

行銷業務／林政杰
總 編 輯／楊馥蔓
總 經 理／伍文翠
發 行 人／何飛鵬
法律顧問／元禾法律事務所　王子文律師
出　　版／城邦原創股份有限公司
台北市南港區昆陽街16號4樓
電話：(02) 2509-5506　傳眞：(02) 2500-1933
E-mail：service@popo.tw
發　　行／英屬蓋曼群島商家庭傳媒股份有限公司城邦分公司
聯絡地址：台北市南港區昆陽街16號8樓
書虫客服服務專線：(02) 25007718・(02) 25007719
24小時傳眞服務：(02) 25001990・(02) 25001991
服務時間：週一至週五09:30-12:00・13:30-17:00
郵撥帳號：19863813　戶名：書虫股份有限公司
讀者服務信箱 email：service@readingclub.com.tw
城邦讀書花園網址：www.cite.com.tw
香港發行所／城邦（香港）出版集團有限公司
地址：香港九龍土瓜灣土瓜灣道86號順聯工業大廈6樓A室
email：hkcite@biznetvigator.com
電話：(852)25086231　傳眞：(852) 25789337
馬新發行所／城邦（馬新）出版集團 Cité(M)Sdn. Bhd.
41, Jalan Radin Anum, Bandar Baru Sri Petaling,
57000 Kuala Lumpur, Malaysia.
電話：(603) 90563833　傳眞：(603) 90576622
email:services@cite.my

封面插畫／SUI
封面設計／Gincy
印　　刷／漾格科技股份有限公司
電腦排版／陳瑜安
經 銷 商／聯合發行股份有限公司
客服專線：(02)2917-8022　傳眞：(02)2911-0053

■ 2021 年 6 月初版　　Printed in Taiwan
■ 2024 年 4 月初版 3.9 刷

定價／280元

著作權所有・翻印必究

ISBN　978-986-06589-4-1

POPO城邦原創 www.popo.tw　城邦讀書花園 www.cite.com.tw

本書如有缺頁、倒裝，請來信至service@popo.tw，會有專人協助換書事宜，謝謝！